ことばの森

――歌ことばおぼえ書

久保田淳

明治書院

もり

たま

とき

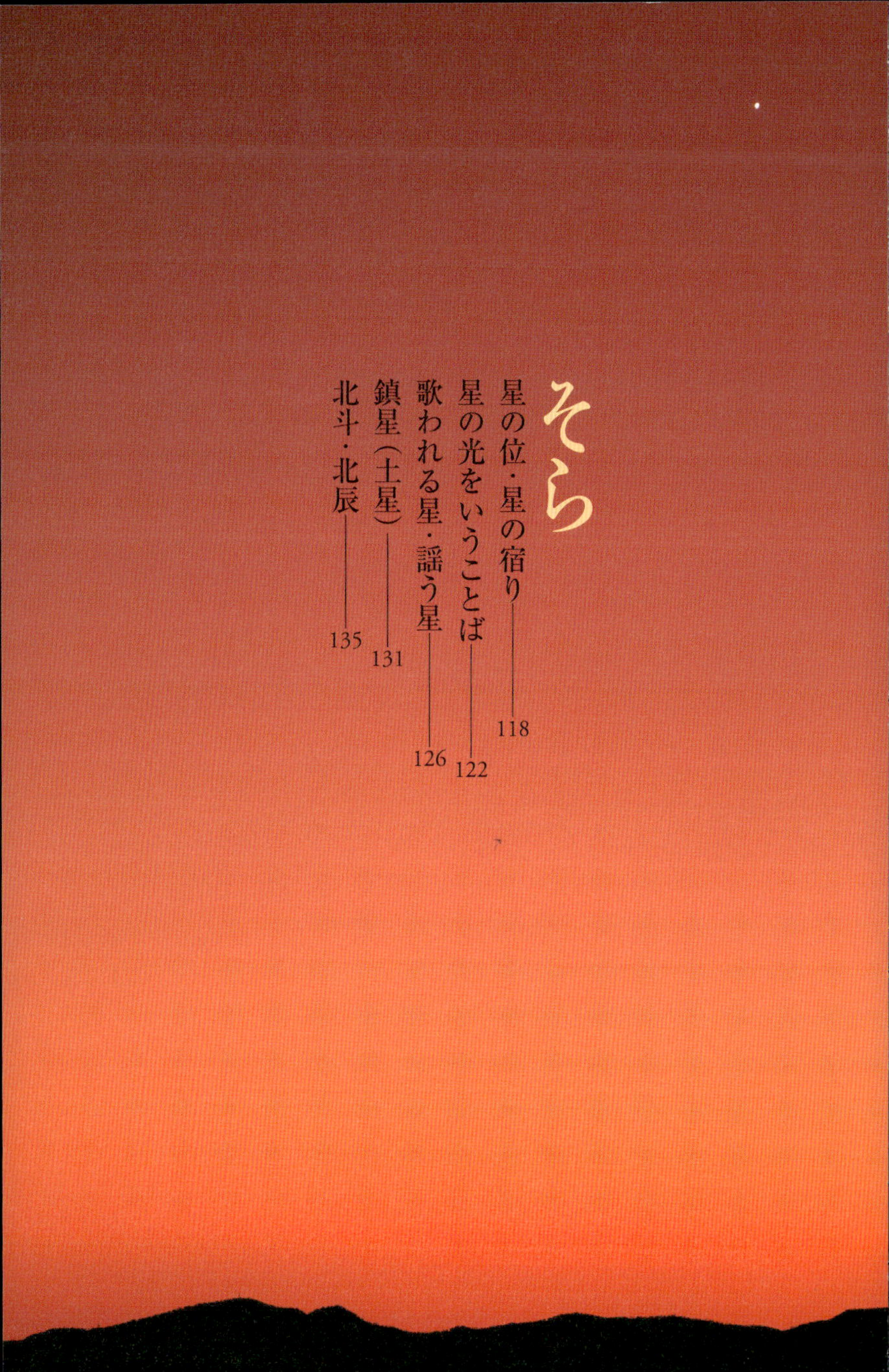

そら

いろ

うたまくら

ことば

文中引用した和歌のうち、『萬葉集』の歌番号は、同集研究者の習慣に従って、旧国歌大観番号に拠った。それ以外の歌集の場合は、『新編国歌大観』の歌番号に拠った。

また、引用した古典作品の仮名遣い・送り仮名などは、読みやすさを考えて適宜改めた場合と、拠ったテキストそのままとした場合とがある。

もり

mori

森

「森」ということばについて考えてみる。

冬ごもり　春さり来れば　鳴かざりし
鳥も来鳴きぬ　咲かざりし　花も咲けれど
山をしみ　入りても取らず　草深み　取りても見ず
……（萬葉集・巻一・一六）

天智天皇が内大臣藤原鎌足に「春山万花《しゅんざんばんくわ》の艶《うるは》しきと、秋山千葉《しうざんせんえふ》の彩《いろど》れると」のいずれをより憐れむかと尋ねられた時、額田王が判定したという長歌の前半である。後半は「秋山千葉」の趣を歌って、結局彼女は「秋山そ我《あれ》は」と秋に軍配を挙げるのだが、今問題にしようとしているのは春秋優劣論ではない。「春」にかかるとされる枕詞「冬ごもり」である。

手初めにこの歌でのこの句の白文を見ると、「冬木成」と書かれている。そして寛永二十年

（一六四三）のいわゆる寛永版本『萬葉集』では「フユコナリ」と訓読している。契沖の『萬葉代匠記』精撰本、惣釈枕詞下では「冬木成《フユコナリ》　春《ハル》」として項目を立てて、「此発語、集中ニ、皆如此三字ニノミカケリ。今桉、フユキナスト読ヘキカ」と、別の訓を提示している。「フユコモリ」と訓んだのは荷田春満の『萬葉集僻案抄』、「フユゴモリ」と訓じたのは賀茂真淵の『萬葉考』である。

どうして「冬木成」が「フユゴモリ」と訓めるのだろうか。真淵は「盛」の草体が「成」と誤られたので、本来は「冬木盛」であった、「木盛」は「籠」の借字であると考え、「冬は万づの物内に籠て、春を得てはりづるより、此ことばはあり」と注するのである。

現在はこの枕詞はどのように説明されているのだろうか。たとえば、新編日本古典文学全集『萬葉集①』では「冬ごもり—春の枕詞。語義・かかり方未詳」というのでにべもないが、狭い頭注欄に諸説を掲げるのは無理というものであろう。そこで『時代別国語大辞典上代編』を引くと、ここでは「ふゆこもり」と清音で立項して、「冬のあいだ落葉していた木が芽を出して茂ってきて春になる、の意で、春にかかる」と、一つの解釈を提示している。これは「冬木成」の用字が語源をあらわすと考え、「成」は「盛」に通ずるとし、真淵のように原義は「冬・籠り」と考えるのではなく、「冬木《ふゆこ》・盛《も》り」と解するのである。その「盛り」は動詞「盛る」の連用形ということになる。

同辞典では動詞「盛る」を二項に分けて立て、一つは「盛る。器に食物をいっぱいに入れる」として、その例には有間皇子の「家にあれば笥《け》に盛る飯《いひ》を草まくら旅にしあれば椎《しひ》の葉に盛る」（萬葉集・巻二・一四二）他を引く。もう一つは「草木がこんもりと繁る。もり上がる」と解説し、その一例として最初に掲げた額田王の歌を引く。そして、後者の「盛る」では〔考〕として、「森の意のモリや、形容詞茂《モ》シはおそらくこの語と関係があろう」という。一方、「森」の項では、まず「①こんもりと木の繁ったところ。森」という。その例は「朝《あさ》な朝《さ》な我が見る柳うぐひすの来居て鳴くべき森にはやなれ」（萬葉集・巻一〇・一八五〇）他。次に「②神の憑りつく木や林」と解説して、「木綿《ゆふ》かけて斎《いは》ふこの神社《もり》越えぬべく思ほゆるかも恋の繁きに」（萬葉集・巻七・一三七八）他を挙げる。また形容詞「茂《も》し」では、「生い茂っている。草木の繁茂したさまをいう。成《モ》ルや森《モリ》と同根であろう」と解説して、「水伝《みなつた》ふ磯の浦廻《うらみ》の石《いは》つつじもく（木丘）咲く道をまたも見むかも」（萬葉集・巻二・一八五）や陽明文庫本『遊仙窟』の「婀娜《トタヲヤカ》 蓊茸《トモクサカリ》」という例他を掲げる。作品が作品だけに、『遊仙窟』の例は美女の形容と思われるかもしれないが、これは美しい庭園の花木の形容である。試みに岩波文庫の今村与志雄訳『遊仙窟』を見ると、この四字に相当する訳文は「あでやかに花木がおい茂り」（同書七二ページ）となっている。

以上見てきたことを整理してみよう。器に食物をこんもりと盛り上げることを「盛る」といった。また、草木がこんもりと盛り上がるように茂ることをも「盛る」といったのであろう。そのように木が生い茂ったところが「森」である。そのようなところは神の宿る神聖な場所であった。さらに、草木が盛んに生い茂っている状態は「茂《も》し」と形容された。森は繁栄のしるしであり、同時に聖なる領域であった。

平安時代にも各地に知られた森があった。

もりは　うきたの杜、うへきのもり、いはせのもり、たちぎゝのもり、恋のもり、しのだのもり、こはたの杜。（五島美術館本枕草子・上）

これらの森も、その多くは神の宿る場所であったのだろう。

杜

平安時代に知られていた森の例として、『枕草子』の「もりは」という章段を挙げてみた。いわゆる類聚章段、物づくし章段の一例である。拠った本は五島美術館蔵のいわゆる三巻本系統に属する『枕草子』で、江戸初期の堂上歌人飛鳥井雅章の筆と伝える写本である。この章段で、森は「もり」と仮名書きするか、「杜」と書くかで、「森」の字を用いていない。これはこの本独自の傾向ではない。古典の写本では、「森」よりも「杜」の字を書くことの方が多いようなのである。

平安後期から鎌倉時代にかけて、多くの歌学書が著された。それらの書物には和歌に詠まれる事物・景物・地名などを分類し、列挙している部分が含まれているが、そこで森はほとんどすべてと言っていいくらい、「杜」と表記されている。藤原仲実の『綺語抄』、藤原範兼の『和歌童蒙抄』、同じく『五代集歌枕』、藤原清輔の『和歌初学抄』、上覚の『和歌色葉』、順徳院の

『八雲御抄』と、いずれも「杜」と書かれていることが知られる。

現存する日本最古の漢和辞書として、平安前期の昌泰年間に成ったとされる昌住の『新撰字鏡』がある。この辞書には「森」も「杜」も巻第七木部第六十八に載っている。京都大学文学部国語学国文学研究室編『新撰字鏡増訂版』により、天治本の本文を掲げれば、まず「森」は、

森（所今反、木枝長皃）

次に、「杜」は、

杜（𢾺字同、徒古反、塞也、閇塞也、歰也、毛利、又佐加木）

と解説されている（字音や字義の説明は原文では二行分かち書きされているが、ここでは一行書きとし、（ ）に入れた）。「森」は「木の枝が長いありさま」と解説されるが、この字を「もり」と読むという説明はない。それに対して、「杜」は、とじふさいでいる状態という解説とともに、「毛《モ》利《リ》」「佐加木《サカキ》」という読みが示されている。このことは、この時代の人は「もり」というと「森」よりは「杜」の字を想起しやすかったのではないかということを想像させる。また、「杜」に「佐加木」の読みがあることは、前回引いた『時代別国語大辞典上代編』の「森」の項で「②神の憑りつく木や林」と解説し、「木綿《ゆふ》かけて斎《いは》ふこの神社《もり》越えぬべく思ほゆるかも恋の繁きに」（巻七・一三七八）という『萬葉集』の歌をその例に挙げていることとともに、「杜」の字は「社」

の字を連想させやすかったのではないかという想像をも起こさせる。

同じようなことは、早く本居宣長が『玉勝間』で考えている。

史記の周《ノ》本紀《ノ》賛に、所‐三謂《イヘル》周公《ノ》葬《レト》二我《ヲ》畢《ニ》一、畢《ハ》在二鎬《ノ》東南《ノ》杜《ノ》中《ニ》一、註に杜一作《ハ》レ社《ニ》、また秦本紀《ノ》に、蕩社註に社一作《ハ》レ杜《ニ》といへり、これらは、杜と社とは、字の形の似たるによりて、かくたがひに誤れるものか、はた相通ふよし有てかゝるか、もし杜の字、社と相通はゞ、もりに殊によし有《リ》、又かの杜《ノ》中とあるは、なにとかやもりめきて聞ゆかし、（二の巻三九もりに杜の字を書《ク》事）

では、漢字の本国である中国では、「杜」という字はもりを意味するのだろうか。答は、いなである。諸橋轍次『大漢和辞典』では「杜」の字を九項に分けて解説する。①はやまなし、またはこりんご、あかなし。②はしぶる（「杜、歰也」という）。③はとじる、ふさぐ、とざすで、「杜、塞也」、また「敗」に同じであるという。④は絶つ。⑤は衝く。⑥は根。⑦は古い国名。⑧は姓。そして、最後に「⑨現本場産。邦もり。森林」という。つまり、「杜」という漢字に「もり（森）」の意を託したのは日本人であり、漢字の本国である中国の関知しないことだったのである。前引の『玉勝間』で宣長は「杜《ノ》中とあるは、なにとかやもりめきて聞ゆかし」と言っているが、この「杜」は右の⑦古い国名の杜であろう。周の成王が唐氏を封じた所で、今の陝西省長安県の東南杜陵県の地であるという。

次に、『新撰字鏡』で「社」の字を見ると、巻第十一の示部第百廿一に、

社（耶者反、后土也、也志呂）

と記されている。また、『大漢和辞典』で「社」を引くと、漢字本来の意味として七項に分けて解説し、①では「くにつかみ」（土地の神）の意、②では祭の名とし、それらの用例の伝や注、疏として、「社、后土也」「后土、即社神也」という例文を掲げている。『新撰字鏡』の「后土」は、土地の神を意味していると知られる。

もりは神の憑りつく場所と考えられた。それゆえに古代の日本人は「社」の字をも「もり」と読み、本来は神と関わりのない「杜」の字を「社」に通ずるものとして使用してきたのではないだろうか。

宮・社

伊勢神宮は伊勢神社とはいわない。同様に、賀茂神社は賀茂神宮とはいわない。どうやら神宮と神社は区別されているようだ。そのような区別をはっきりと説明している辞書に『日本国語大辞典』がある。この辞書で「じんぐう（神宮）」の項を引くと、□一の①として「神をまつる宮殿。神のみや。神殿。やしろ。しんきゅう」、②として「特に格式の高い神社の称。熱田神宮・橿原《かしはら》神宮・宇佐神宮・香取神宮・鹿島神宮・平安神宮など」、□二として「㈠大神宮」の略称）伊勢神宮をいう」と解説している（第二版による。以下同じ）。八百万の神々の世界にも格式の高低があって、特に格式の高い神の祭られる建造物が神宮ということになる。

訓読すれば神宮は「かみのみや」、神社は「かみのやしろ」である。「みや」と「やしろ」という二つの言葉の間にも、そのような区別はあるのだろうか。『角川古語大辞典』がそういう区別がかつては存したと考えている。この辞書で「みや（宮）」の項を引くと、「□一「み」は接頭語。神や霊力あるものの屋《や》の意。①神の鎮座している御殿。神宮。古くは、「社」よりも格の高い神とされた」と説明しているのである。ついでに、同じ辞書の「やしろ（社）」の解説を見ておく。「神社。古くは、神は神の国に居り、祭りなどの折に、人界に招くべきものと考えられていた。そのために臨時に神霊を迎える小屋などを作るが、その小屋のための土地を「屋代」といった。のちに、その小屋が常時残されて神もそこに鎮座するようになり、その場所や建物を「やしろ」と呼ぶようになった。（下略）」。「やしろ」の語源説をも含んだ記述である。「みや」と「やしろ」とのこのような区別は、十六世紀後半に日本にやって来た西欧の人々にもある程度わかっていたのかもしれない。『邦訳日葡辞書』では、この二語はそれぞれ次のように説明されている。

Miya. ミヤ（宮） 神（*Camis*）の社。

Yaxiro. ヤシロ（社） 野原や森の中にある、神（*Camis*）の社。

「社」について、特に「野原や森の中にある」と修飾することで、荘厳される度合いが「宮」とは異なることを暗に言おうとしているのだろうか。実際には、「宮」の多くも深い森の中に鎮座しているのだが。ちなみに、この辞典は「Iingû. ジングゥ（神宮）」と「Iinja. ジンジャ（神社）」の二語も立項している。その説明は似たようなものだが、ただ「神社」については「神（*Camis*）

の家、すなわち、礼拝所」という。

『角川古語大辞典』は、古くは宮の方が社よりも格が高かったという。その「古くは」とはいつ頃のことだろうか。同辞典は先に引いた「みや（宮）」の[一]の①の用例の一つとして、『三代実録』貞観九年（八六七）八月二日の条を掲げている。改めてその全文を示すと、次のようになる。

八月丁卯朔。二日戊辰。　勅。伊勢国伊佐奈岐伊佐奈弥神。改レ社称レ宮。預二月次祭一。
并置二内人一員一。

度会行忠の『伊勢二所皇太神宮神名秘書』（続群書類従第一輯上所収）によれば、この時社から宮に改められた伊佐奈岐（伊弉諾）・伊佐奈弥（伊弉冉）の二神は、月読宮に鎮座するようである。『日本国語大辞典』の「みや（宮）」の例文には同書が引かれている。なお、『伊勢二所皇太神宮神名秘書』は、貞観九年以後も、土社が大治三年（一一二八）官符によって土宮と改められ、風社が鎌倉時代に風宮と改められたことをも伝えている。伊勢神宮の周辺では確かに、宮と社を区別しようとする意識が強く働いていたのであろう。

けれども、その一方で、宮も社もひっくるめて社と呼ぶこともあった。「二十二社」という考え方がその一例である。朝廷から奉幣される二十二の神社の意だが、そこでは伊勢神宮や石清水八幡宮が賀茂神社や大原野神社と一緒にされている。伊勢・石清水・賀茂……という順で、皇室の祖先神とされる二つの宮が初めに挙げられてはいるのだが……。二十二社が定まったのは、『二十二社註式』によれば、長暦三年（一〇三九）のことであるという。

　また、諸国の一宮（一の宮）という場合には、宮も社もおしなべて宮と扱う意識が働いているのであろう。伴信友の『神社私考』によれば、一宮がいつの世どういう理由で定められたかは明らかでないという（川村二郎『日本廻国記　一宮巡歴』）。ただ、『今昔物語集』や『金葉和歌集』に用例があるから、[注]十二世紀前半にはおそらくほぼ定まっていたのであろう。

「宮」と「社」の二語は、時には区別される。その一方で、「社」が「宮」を包み込むこともあれば、「宮」と「社」がほとんど同義に用いられることもある。この曖昧さはそのまま大方の日本人の神に対する観念の曖昧さを反映しているのかもしれない。

（注）『今昔物語集』巻第十七依二地蔵助一活人、造二六地蔵一語に「今昔、周防ノ国ノ一ノ宮ニ玉祖ノ大明神ト申ス神在マス」とあり、『金葉和歌集』雑下に載る能因の有名な雨乞いの歌「あまのがは……」（六二五）の詞書に「うたよみて一宮にまいらせていのれ」とある。

堂

歌人の藤原基俊が都の外に出た時、道のほとりにお堂があり、傍に椋《むく》の木が生えていた。その木に六歳ほどの小童が登って、椋の実を取って食べていたので、基俊が「ここをば何といふぞ」と尋ねると、童は「やしろ堂と申す」と答えた。それを聞いた基俊は何気なく、

この堂は神か仏かおぼつかな

と口ずさんだ。すると、木の上の童が即座に、

ほうしみこにぞ問ふべかりける

と言い返したので、基俊は驚きあきれて、「この童はただものにはあらず」と言ったという。『古今著聞集』巻第五和歌第六に見える話（一五二話）である。

基俊は堂の名を「やしろ堂」と聞いて、社ならば神を祀るが、堂ならば仏を安置するのが普通だから、一体この堂は神を祭るのか、仏を据えているのか、はっきりしないなあと、感じたまま

をつぶやいた。そのつぶやきがおのずと和歌の上の句の形をとっていたのを聞いて、童が答えた「ほうしみこにぞ問ふべかりける」(法師みこに聞いたらいいでしょう)というその返事が、自分のつぶやきを連歌をしかけたと受取って、それにみごとに付けた結果になっているので、舌を巻いたのである。すなわち、「仏」に対して「法師」、「神」に対して「みこ(神子)」と、まことにみごとに付いているのである。

じつは、「ほふしみこ」ということばは、語義がはっきりしない。『日本国語大辞典』では、「法師御子」とし、「法師になった子。一説に、「法師神子」で法師で神子(みこ)を兼ねた者」と説明し、この説話の例と『和訓栞』の「ほうしみこ　法師にて神子をかねたる也」という説明を掲げている。『古今著聞集』の注釈では、日本古典文学大系が、「法師御子(僧侶になった子の敬称)か。裏の意味に法師・巫女をかける」と注し、これよりも後に出た新潮日本古典集成が「法師で御子《みこ》(巫子《みこ》)を兼ねた者をいう(和訓栞)」と注する。

ことばとしては、法師になった子の意味で「法師子」ということばはある。「法師子の稲」という言い方もある。これは穂に芒のない稲(坊主稲)のことをさす。それならば、その敬語表現として、「法師御子」というのも考えられなくもない。しかしまた、神仏習合、本地垂迹思想の盛んな時代のこと、「法師神子」という鵺《ぬえ》みたいな存在も想像できなくもない。かくて、六歳の童の名答には基俊同様感嘆させられるが、「やしろ堂」のあるじが神か仏か、依然としておぼつかないのと同様、「ほうしみこ」の実態もはっきりしないのである。

ともかく、「堂」は仏教の建造物についていうことばであろう。だから、『日本国語大辞典』の「堂」で「②神仏をまつる建物」と説明しているのはいささかひっかかるのだが、こういう説明はこの辞典に限らない。他の辞典類にもしばしば見られる。すると、やはり神を祀る、社ならぬ堂もあるのではないかという気もしてくる。仏を祭る社もあるかもしれない。

森鷗外の「雁」に次のような文章がある。

もう上野の山を大ぶはづれた日がくわつと照つて、中島の弁天の社を真つ赤に染めてゐるのに、お玉は持つて来た、小さい蝙蝠《かうもり》をも挿さずに歩いてゐるのである。（拾壱）

「中島の弁天の社」とは、上野不忍の池の弁財天のことをさす。あの弁天様は東叡山寛永寺に属し、普通は弁天堂というと思うのだが、文豪鷗外が「弁天の社」と書いているのである。確かに、弁財天のそもそもの本性はインドの神に違いないが、日本に入っては仏教の中での女神で、だから香煙の薫る弁天堂に詣でる人々は、二礼二拍一礼ではなく、合掌礼拝する。

もっとも、この区別もだんだんあやしくなってきた。浅草観音に知人とお参りした時、高い教養の持ち主の、その人は、音高く柏手を打って拝んだ。この国のそういう信仰の現実のあり方を思えば、鷗外の筆のあげ足取りなど、するに価しないことであろう。

「堂」は本来漢語だから、古い和歌に詠まれることは少ないが、時代が下ると釈教歌などに現れる。


補陀落の南の岸に堂たてて今ぞ栄えん北の藤波　（新古今集・神祇歌・一八五四）

塔を組み堂を造るも人のなげき懺悔にまさる功徳やはある　（金槐集・雑・六五一）

「補陀落の」の歌は、藤原氏の北家冬嗣が興福寺の南円堂を建立した際に、春日明神の摂社の榎本明神が現れて詠んだと伝える神詠。神詠とはいうものの、仏法の興隆をたたえた内容で、釈教歌と見なしうる（類歌は『七大寺巡礼私記』にも）。『袋草紙』や『建久御巡礼記』では、春日明神の詠とし、『袋草紙』では第三句を「堂たてて」ではなく、「家ゐして」と伝える。『建久御巡礼記』では「堂たてて」である。

時代が下るにつれて、和歌に漢語を混ぜることへの抵抗感は薄くなってゆく。それにしても、実朝の「塔を組み」の歌はすごい。「塔」「堂」「懺悔」「功徳」――いずれも漢語であり、仏語でもある。そして、本当の信仰の姿をはっきりと開示している。

葉守の神

『源氏物語』柏木の巻で、親友の柏木の死後、夕霧は柏木の北の方落葉の宮を慰めに、彼女が母の御息所とともに住む一条の宮をしげしげと訪れる。四月に訪れた時は、夕霧が簀子《すのこ》に坐って庭前の木立を見ると、柏の木と楓の木が他の木々よりも若々しい緑で枝を交差させている。それを見た彼は、「いかなる契りにか、末あへる頼もしさよ」とつぶやき、御簾《みす》の方へそっと近付いて、

ことならばならしの枝にならさなむ葉守の神のゆるしありきと

と歌いかけ、「御簾の外《と》の隔てあるこそうらめしけれ」と言って、長押《なげし》によりかかって座る。「同じことならば、この連理の枝のように馴れ親しくしていただきたいものです。柏の木を守る葉守の神のお許しがあったとして」と歌いかけたのである。柏木は死の直前、見舞いに来た夕霧に対して、「一条にものし給ふ宮、事に触れてとぶらひきこえ給へ」と遺言していた。それを

「わたしのなきあと、妻をよろしく頼む」という意味に拡大解釈すると、「葉守の神のゆるしありきと」と言ってもよいのかもしれない。「柏木」というのはもともと衛門督《えもんのかみ》の異称で、彼がその官にあったから『源氏物語』の中ではそう呼ばれるのだが、一方「葉守の神」は柏の木に宿る神と考えられていた神である。それならば葉守の神はなき柏木の霊そのものと見なすこともできるかもしれない。ともかく、この歌にはなき親友の妻であった女性と親密な間柄になりたいという、夕霧の思いがはっきりと見て取れる。

これに対して落葉の宮は、

柏木に葉守の神はまさずとも人ならすべき宿の梢か

という返歌と、「うちつけなる御言の葉になん、浅う思ひ給へなりぬる」という返事を女房の少将の君を通じて夕霧に伝える。返歌では「柏木」を自らに、「葉守の神」をなき夫になぞらえ、夕霧の申し出を拒む姿勢を示す。この返事に接した夕霧は、「げにとおぼすに、すこしほゝ笑み給ひぬ」——無理はない、まだ夫に死なれて日も浅いのだからと思う。しかし、まめ人の夕霧は相思相愛の正室である雲居雁《くもいのかり》の嫉妬をものともせず、その後も足しげく落葉の宮を訪れ、ついに塗籠《ぬりごめ》の中で「たけき事とは音《ね》を泣き給ふ」だけの彼女を抱いた。葉守の神は彼女を守ってはくれなかった。夕霧がこれほどまでに彼女を熱望したのは、彼女が内親王であったことが大きな理由であるようだ。この先、宿木《やどりぎ》の巻でも今上の女二宮の聟となった薫は按察大納言に嫉妬されている。

葉守の神が和歌で歌われるのは、『後撰和歌集』に見える俊子と藤原仲平（枇杷左大臣）のやりとりが早い例と見られる。

　　枇杷左大臣用侍りて、楢《なら》の葉を求め侍りければ、千兼《ちかぬ》があひ知りて侍りける家に取りにつかはしたりければ

　　　　　　　　　　　　　　　　　　　俊子

わが宿をいつならしてか楢の葉をならしがほには折りにおこする（雑二・一一八二）

　　返し

　　　　　　　　　　　　　　　　　　　枇杷左大臣

楢の葉の葉守の神のましけるを知らでぞ折りしたゝりなさるな（同・一一八三）

同じ贈答歌は『大和物語』六十八段にも見えるが、歌句に違いがある。仲平の返歌の違いだけを記せば、初句が「柏木に」とある。楢はナラガシワのことをさすと思われるから、「楢の葉」が「柏木」と変わったとしても、本質的に変わったわけではない。おそらくこの『大和物語』での形の方が人口に膾炙して、清少納言も『枕草子』の「花の木ならぬは」の段で、

　かしは木、いとをかし。葉守の神のいますらんもかしこし。

と書き、紫式部も夕霧と落葉の宮とにあのような贈答をさせたのであろう。

『源氏物語』以後は『狭衣物語』で狭衣が、

柏木の葉守の神になどてわれ雨漏らさじと誓はざりけん

と歌い、歌人では成尋阿闍梨母・源俊頼・藤原基俊・藤原実定・慶算他の人々が詠んでいる。それらのうち、自身「雨中木繁」の題を、

玉柏しげりにけりなさみだれに葉守の神のしめはふるまで（新古今集・夏・二三〇）

と詠じた基俊は、歌合の判者としては藤原通憲（信西）の、

名にしおはば葉守の神に祈りみん柞《ははそ》のもみぢ散りや残ると

という歌について、「葉守の神は柞のかへでの葉守る神にはあらず。弘仁式の三綱柏の所にぞくはしくみえて侍れど、事ながくて申し侍らず」と述べたという（袖中抄・第二〇）。しかし、「柞」はナラ、またクヌギなどをさして言うことばだから、「楢の葉」が「柏木」に通ずるのならば、柞も柏に通ずるのではないか。葉守の神を探ってゆくと、植物分類に関する古人の考え方の曖昧さに突き当ってしまう。

木霊・山彦

『源氏物語』手習の巻で、横川《よかわ》の僧都が旅先で病んだ老母を休ませようとして下見した、宇治の院の「森かと見ゆる木の下」にうずくまっていた「白き物」は、初め「狐の変化《へんげ》したる」と見られた。しかし、供の僧の報告を聞いて直接検分した僧都は、「これは人なり」と判断する。僧たちは「たとひまことに人なりとも、狐、こたまやうの物の、あざむきて取りもて来たるにこそ侍らめ、と不便《ふびん》にも侍りけるかな」と言って、宿守の男を呼ぶと、「山彦のこたふるもいとおそろし」とある。

このあと、供の僧はこの「人」に向かって、「鬼か、神か、狐か、こたまか。かばかりの天《あめ》の下の験者《げんざ》のおはしますには、え隠れたてまつらじ。名のり給へ、名のり給へ」「いで、あなさがなのこたまの鬼や。まさに隠れなんや」と呼び掛けるが、この「人」は「うつぶして声立つばかりに泣く」だけであった。これが宇治川へ身を投げようとした浮舟が発見された場面である。

夢浮橋の巻でも、僧都は浮舟の行方を尋ねる薫に対して、「天狗、こたまなどやうのものの、あざむきゐてたてまつりたりけるにやとなむうけたまはりし」と答えている。

『源氏物語』には以上の他に、蓬生の巻にも「こたま」ということばが見出される。

もとより荒れたりし宮のうち、いとゞ狐の住みかになりて、うとましうけどほき木立に、ふくろふの声を朝夕に耳馴らしつゝ、人げにこそさやうのものもせかれて影隠しけれ、こたまなどけしからぬ物ども、所得て、やう〳〵形をあらはし、ものわびしき事のみ数知らぬに、……

これは源氏の須磨流謫中にすっかり荒廃してしまった、末摘花の住む常陸宮邸の描写である。これらに見られる「こたま」ということばに、新日本古典文学大系や新編日本古典文学全集では、「木霊」の漢字を宛てている。新潮日本古典集成も同じ。岩波文庫は「木魂」の字を宛て、「こだま」と読む。日本古典全書は「木精」の字を宛てて、やはり「こだま」と読む。ひところは「こだま」と読まれていたが、近年の源氏研究では「こたま」と読むようになってきたのである。ちなみに、『岩波古語辞典』では「こだま［木霊・谺］」として立項し、「中世末までコタマと清音。ただし、文明本節用集にはコダマと濁音」と解説する。『邦訳日葡辞書』では「Cotama. コタマ

（木霊・樹神）」として立項されており、ここでは清音である。

『和名抄』は「樹神」に「和名古多万」と訓を付している。『延喜式』巻三神祇三には「造㆓遣唐使船㆒木霊《コタマ》并山神祭」という条がある。東海道新幹線では多くの駅に停車する「こだま」の名の由来である谺も、古人にとっては木に宿る神と考えられていた。『日本国語大辞典』に「葉守りの神が善神であるのに対し、コタマは……人間にたゝりをなす妖怪変化の類、狐や天狗と同列ないしはそのものと思われていた」という。

『邦訳日葡辞書』は“Cotama”を解説して「Yamabico（山彦）に同じ。山の反響。→Amabico」という。そして、「Amabico. アマビコ（天彦）」では「Cotama（木霊・樹神）に同じ。声によって起こる反響」と解説し、「Amabicoga cotayuru.（天彦が答ゆる）やまびこが響く」という例文を掲げる。「Yamabico. ヤマビコ（山彦）」の項では“cotama”と言い換え、「Yamabicoga cotayuru.（山彦が答ゆる）山彦が返答する」という例文を掲げる。すなわち、『日葡辞書』では“Cotama”＝“Yamabico”＝“Amabico”ということになる。

しかし、先に見たように、『源氏』の手習の巻では「こたま」と「山彦」を区別していた。『源氏』ではこの他にも夕顔の巻で、源氏とともに「なにがしの院」で夜を過ごした夕顔の女君が物怪に襲われた直後、源氏が宿直《とのゐ》の者を呼ぼうとして、「手をたゝき給へば、山彦の答ふる声いとうとまし」とあり、源氏自身「われ人を起こさむ。手たゝけば山彦の答ふる、いとうるさし」と言っている。やはり「山彦」を「こたま」と同一視しているとは思われない。

ことばとしては「山彦」の方が古いかもしれない。『萬葉集』には、

……山彦の　応《こた》へむ極《きは》み　たにぐくの　さ渡る極み……（巻六・九七一　高橋虫麻呂）

山彦の（山妣姑乃）相とよむまで妻恋に鹿《か》鳴く山辺《やまへ》にひとりのみして（巻八・一六〇二　大伴家持）

などの例がある。さらに、『古今和歌集』にも、

ほとゝぎすこゑもきこえず山びこはほかになくねをこたへやはせぬ（夏・一六一　凡河内躬恒）

など、三例存する。そして、顕昭の『古今集注』ではこの歌の第三句を「アマビコハ」として掲げ、「アマビコハヤマビコ也。コタマナリ。樹神、木鬼ナドカケリ」と注している。『古今集注』は文治元年（一一八五）に成った。もはやこの時には「コタマ」と「ヤマビコ」は区別されていないことになる。

谺・木精

「谺」という漢字を「こだま」と読んで、漢字の生まれ故郷の中国でもこの字はこだまを意味するに違いないと思い込んでいたが、これは大きな間違いだった。たとえば、諸橋轍次『大漢和辞典』で谷部四画の「谺」（漢音カ、呉音ケ）を引くと、「谽谺は、谷間の大きくうつろなさま」と解説されている。「谺」一字についての説明はない。「谽」（漢音はカン）でも「谽谺」は「谷の大きく空虚なさま」と説明される。こだまとか山彦といった説明はどこにもない。同じく谷部の四画に「谹」（漢音クワウ、呉音ギヤウ）という字があり、その字義として、「㊀こだま。谷中のひびき」という解説が見える。漢字の故郷では、こだまは谺ではなくて、谹であるらしい。

比較的新しい辞書ということで、山口明穂・竹田晃編『岩波新漢語辞典第二版』を見たら、「谺」の字について、「〔意味〕こだま。やまびこ。▽日本での用法。原義は、ごつごつした谷間」とあった。それから、『日本国語大辞典』「こだま」の項の「表記」欄で、「谽谺」に「こだま」の訓を付したのは『和漢音釈書言字考節用集』であると知った。空間の大きくひろがる谷には音も反響するところから、「谽谺」を「こだま」と訓み、いつしか「谺」が一人歩きしだしたのであろう。

その『日本国語大辞典』では、「こだま」の語義として、「①樹木にやどる精霊。木精。山の神」「②声や音が山などに反響してかえってくること。また、そのかえってくる声や音。山びこ」に続いて、「③歌舞伎の囃子（はやし）の一つ。小鼓二丁を、一人は下座、一人は上手舞台裏にわかれ、響き合うように打ち合うもの。下手を「シン」、上手を「ウケ」といい、深山幽谷などの雰囲気を出す効果に用いる」と解説し、「法懸松《けさかけまつ》成田利剣」「川中島東都錦絵《あずまのにしきえ》」といった歌舞伎台本の例を掲げている。関連項目として、「こだまの合方」というのも説明されている。

近年「法懸松成田利剣」や「川中島東都錦絵」が公演されることはなさそうだが、囃子の谺を聞くことはさほど難しくはない。歌舞伎十八番で人気の高い「勧進帳」には、この囃子の演奏される場面があるのである。それは弁慶が強力に身をやつした九郎判官義経を金剛杖でさんざんに打ち据えたので、富樫左衛門が弁慶の忠誠の心にほだされて、義経一行と知りながら安宅の関の通過を見逃がし、引込んだあと、主従一行だけになる場面で、台本には次のようなト書がある。

〽士卒を引き連れ関守は、門《かど》の内へぞ入りにける。（ト富樫思入あつて、太刀持番卒付添ひ上手へ入る。弁慶これを見送り思入、合方こだまになり、義経立つて上手へ行く、弁慶入れ替り下手へ行く。……）（日本古典文学大系『歌舞伎十八番集』）

安宅の関からやや遠ざかった山中の場という心でこだまの合方を用いるのであろう。その他、やはり歌舞伎舞踊「紅葉狩」で、平維茂が登場して、戸隠山の紅葉を眺めながら従者に対して物を言い掛けるところでも、その科白にこだまの合方をかぶせる。シンがやや強くポンポンと打てば、ウケはやや弱くポンポンと応える。この音はまことに深山の感じをよく表している。

近代の作家で「こだま」ということばをよく用いたのは泉鏡花ではないかと思う。比較的初期の作品である「龍潭譚」は後年の名作「高野聖」に通うところもある短篇で、神隠しのような不思議な体験をする幼児の物語だが、その中に「九ツ谺といひたる谷」が出て来る。毒虫の斑猫を追っているうちに迷い子になった幼児を庇護する、仙女または魔女かもしれない美しい女の住む異界である。また、後年の長篇「由縁の女」には「深山《みやま》の謡《うた》。菊枕。恋の谺」という章節がある。主人公の詩人麻川礼吉は白菊谷の奥深く身を隠した人妻のお楊を慕って谷に入る。山中で倒れ山家で看病されて、近くにいる恋しい女が煙管をはたく音を聞いて、自身も煙管をはたく。その「トン、トン」という音が「恋の谺」である。

短篇「三尺角」もかなり著名な作品であろう。深川の木場で木を挽く若者の与吉は、樟の三尺角に葉が茂り、枝が生えたと幻視して、騒ぎ出す。折しも、近くの豆腐屋で死の床に臥しているお柳の枕元に「材木に枝葉がさかえるやうなことがあつたら、夫婦に成つて遣る」という、恋しい男からの手紙が届く。この作品には「三尺角拾遺」と題する続篇があるが、その初出の際の題名は「木精」であった。この作品でのこだまは反響する音ではなくて、怪しいものの姿である。死の床に臥している筈のお楊が恋人の工学士をさそって夜の木場を連れまわす。最後の文章は、「あはれ、草木も、婦人《をんな》も、霊魂《たましひ》に姿があるのか」。

森鷗外も「木精」という短篇を書いた。これはスイスかと思われる山のこだまを意味する。少年の時ハルロオと呼んでハルロオと答える木精《こだま》を聞いたフランツが、大人になってから同じ場所に来てハルロオと呼んでも、木精は答えなかった。しかし、七人の子供がハルロオと呼ぶと、木精は答えた。

さて、我々の呼び声にこだまは答えてくれるだろうか。

たま

tama

すだま・魑魅魍魎

享徳四年（一四五五）三月、七十五歳の正徹は法楽の百首歌の「寄《スル》レ木《ニ》恋」という題で、

下露に雨さへもりの木のす玉はかりし恋やうぢの里人　（草根集・巻一二）

という歌を詠んでいる。「雨さへもり」は「雨さへ漏り」に「森」を掛けて、「森の木のす玉」と続ける。「はかりし恋」は、だました恋の意か。「うぢの里人」（宇治の里人）は浮舟の女君をさすか。前にも言及した（「木霊・山彦」の項）『源氏物語』手習の巻で、横川の僧都に助けられた浮舟は、その妹の尼にどこに住んでいたどういう人なのかと問われて、「いかでこの世にあらじと思ひつゝ、夕暮れごとに端近くてながめしほどに、前近く大きなる木のありし下より、人の出で来て、率て行く心ちなむせし」と答えている。その直前、自身回想する叙述には、この「人」を「いときよげなる男」という。正徹の歌での「木のす玉」というのは、この「人」「いときよげなる男」に相当するのであろう。すなわち、この歌は手習の巻を踏まえたいわゆる本

説ある歌で、正徹は木霊（木精）を「木のす玉」と言い換えているのであろう。「すだま（すたま）」ということばは早く『和名抄』などの古辞書に見えるが、文学作品での用例としてはこの正徹の和歌が早いものらしく、多くの辞書でこの歌を掲げている。

正徹以後、作品に「すだま」を登場させた人として、読本作家曲亭馬琴がいる。彼は『近世説美少年録』や『南総里見八犬伝』で「すだま」の登場する場面を描いているのである。まず、『美少年録』第三輯第二十一回では、主人公末朱之介晴賢《すえあけのすけはるかた》が大和の鷹捉（高取）山の山中で、「獮猴《さる》に似て……面赭《つらあか》く、頭《かうべ》は真白に長毛《ながきけ》の、蓬《おどろ》を紊《みだ》して、背《そびら》に垂れしを、人歟《か》と見れば人にあらず、獣《けもの》に類して獣に異なる」二箇の怪物が「二八可《にはちばかり》なる、最美《いとうるは》しき少女子《をとめご》」をさらって、犯そうとしているのを見て、この怪物どもを退治し、少女を救った。少女は老女落葉の姪で養女の斧柄《おのえ》、怪物は木樵によって、「山猱《やまをとこ》」と説明されるが、これがすだまの姿であった。馬琴は「山魅」を「すだま」と読ませている。

一方、『八犬伝』第九輯巻之四第九十九回では、蟇田《ひきた》権頭《ごんのかみ》素藤《もとふじ》が上総国館山の城下の普善《ふせ》村にある諏訪神社に野宿して、社頭の大樟樹のほとりで怪しい物たちが語るのを聞く。その一つ「外面《とのかた》の物」は「疫鬼《えやみのかみ》」で、この物に「玉面嬢」と呼び掛けられた「樹下《このもと》の物」は「則是木霊《すだま》にて、那《あの》樟樹の精霊にやあらん」というのが、素藤の解釈であった。このように見てくると、馬琴は、山男のような怪物や老木の精をひっくるめて「すだま」と見なしていたようである。
『日本国語大辞典』では、「すだま」の項の近代における用例として、薄田泣菫の二例を掲げている。その一つは『暮笛集』のうち、「暮春の賦」の第六聯、

耳をすませば薄命の／長き恨か、暗《やみ》の夜を、／くだけて落つる芍薬や、／吾も沈める此夜半《よは》を、／毒ある花の香に酔《ゑ》ひて、／消えて人霊《すだま》と化せん哉。

という例、もう一例は『白羊宮』のうち、「魂の常井《とこゐ》」の第四聯、

ああ、日は身隠《みかく》れし宵やみの／木立の息ごもり、気《け》をぬるみ、林霊《すだま》は水錆江《みさびえ》に羽ぞ浸す／静寂《しじま》を、月しろの影青く、ほのめく気深《けぶか》さや、空室《うつむろ》に、／燈明《ともし》の火ぞしめる寺あらば、／ゆかまし、わが心夜《よ》ごもりに、／天《あめ》ゆく羽車や聞きつべき。

という例である。以上二例の他にも、『暮笛集』に収める長篇の詩「兄と妹」のうち、「兄」の一聯に、

笥子《けこ》とりこんと夕闇を、／北の一間《ひとま》に走りしが、／『幽霊耳《すだまみみ》ひく守りて』、と／髪ふりみだし叫べるに、

というのがあった。泣菫の「すだま」も人の死霊や木の精を包括して、かなり多様である。彼の詩には、

林神《こだま》も眠る短夜を、／独り木暗《こぐれ》に分け入りて、（『暮笛集』「華燭賦」）

今宵さしぐむ月代《つきしろ》のまみの湿《うる》みに、／すずろに木霊《こだま》うらびれて、（『白羊宮』「笛の音」）

といった句もあり、「すだま」や「こだま」は愛用語に近かったようにも思われる。

『十巻本和名抄』では漢語「魑魅」に相当する和名が「須多万」であるとしている。魑魅に類する語として、「魍魎」がある。これらの漢語は古典作品では、
かく参りたるは魑魅にあらず人にあらず、君がかしづき給ふ黄金《わうごん》の精霊なり。（『雨月物語』巻之五「貧福論」）

恐ろしやみ幣《てぐら》に、三十番神ましまして、魍魎鬼神は穢《けが》らはしや、出でよ出でよと責め給ふぞや、（謡曲「鉄輪《かなわ》」）

魑魅魍魎を退けんは、掌《たなごころ》をもつて大地を打つよりいと易し。（浄瑠璃『伽羅先代萩《めいぼく》』第三）

などと用いられている。近代ではまたも鏡花だが、名作「高野聖」の初めの方に「狼の旬《しゅん》でもなく、魑魅魍魎の汐さきでもない」とある。この作品の二年後に発表された第一高等学校寮歌「嗚呼玉杯に花うけて」の第五聯では、「魑魅魍魎も影ひそめ　金波銀波の海静か」と歌う。昔の高校生は漢語を好んだ。

それにしても、今の世の中、至る所に魑魅魍魎が多すぎる。

いきずたま・生霊

張文成の『遊仙窟』の比較的初めの方に、「十娘」を夢に見て、目覚めて探ったけれども手ごたえがなかったので、悲しくなった「余」は次のような詩を作る。

夢中疑是実　夢中是れ実《まこと》かと疑ひつ
覚後忽非真　覚めて後忽ち真《まこと》に非ざりけり
誠知腸欲断　誠に知りぬ腸の断えむと欲すれば
窮鬼故調人　窮鬼故《ことさら》に人を調《なやま》すなり

源順はこの「窮鬼」ということばを『和名抄』で「窮鬼　遊仙窟云窮鬼〈師説伊岐須太万〉」と注している。嘉慶三年（一三八九）正月円賀の奥書を有する陽明文庫本『遊仙窟』でも、窮鬼を「イキスタマ」と訓じている。しかし、醍醐寺蔵の康永三年（一三四四）宗算奥書の古鈔本では、「イキスカタ」と読ませている。岩波文庫『遊仙窟』の訳者今村与志雄氏はこの語に注して、「本来は、顓頊《せんぎょく》の子という。やぶれた衣をまとい、粥を食べるのが好きで、正月の晦日、巷《まち》で死んだ。……また、窮子という。ここでは貧乏神の訳語をあてた」といわれ、『和名抄』の記述にふれ、「イキズタマは、『源氏物語』葵の巻や『枕草子』に見え、いわゆる生霊である。窮鬼は、字義からみて帰《ゆ》き所のない鬼《き》であり、生霊にあてるのは妥当をかく」ともいわれる。

文学作品での「いきずたま」（「いきすだま」とも）の早い例は『落窪物語』であろうか。巻二に、

中将、責めて言ひそゝのかして、蔵人の少将を中の君にあはせ給へば、中納言殿に聞きて、いられ死ぬばかり思ふ。かくせんとて我はあしかりおきしにこそありけれとて、いかでかいきずたまにも入りにしがなと手がらみをし入り給ふ。

とある。源中納言（落窪の女君の父）の三の君（女君の異母妹）の聟であった蔵人の少将が男君（落窪の女君の夫）の妹である左大将家の中の君に聟取られたので、源中納言の北の方（女君の継母）が、左大将家に生霊となって入り込みたいと、恨み怒っているのである。

『源氏物語』の葵の巻の例は、懐妊中の葵の上に取り付いた六条御息所の生霊で、まず、

もの丶け、いきずたまなどいふもの多く出で来て、さまの名のりする中に、人にさらに移らず、たゞ身づから（葵の上）の御身につと添ひたるさまにて、ことにおどろ〳〵しう、わづらはしきこゆることもなけれど、又、片時離るゝをりもなき物ひとつあり。

とあり、少し先に当の六条御息所の心を叙した部分で、
この御いきずたま、故父おとゞの御霊《らう》など言ふものありと聞き給ふにつけて、おぼしつゞくれば、身ひとつのうき嘆きよりほかに、人をあしかれなど思ふ心もなけれど、物思ひにあくがるなるたましひは、さもやあらむと、おぼし知らるゝこともあり。
という。
『枕草子』の霊は「名おそろしき物」の段に見える。
いきずたま。くちなはいちご。おにわらび。おにところ。むばら。からたち。いりずみ。うしおに。いかり、名よりも見るはおそろし。（新日本古典文学大系・一四六段）
『今昔物語集』巻第二十七の第二十話は、「近江国生霊、来レ京殺レ人語」であるが、この「生霊」をどう訓むかは、校注者によって分かれる。日本古典文学大系や新潮日本古典集成では「いきりやう」と訓むが、新日本古典文学大系では「いきずたま」と訓んでいる。
六条御息所の生霊は謡曲「葵上」にも登場する。その能本の初めの方で、ワキツレの詞として、
爰に照日の御子として隠れなき梓の上手の候を召して、生霊死霊の間を梓にかけさせ申せとの御事にて候程に、此由を申付けばやと存じ候。
という。この「生霊死霊」は「いきりょうしりょう」と発音される。

中世には「生霊」と書いて「しやうりやう」と訓むこともあった。すなわち、高野本に付された傍訓を見ると、『平家物語』巻第三、「赦文」（中宮徳子が安徳天皇を出産するのに先立って、鬼界が島の流人が赦免されることを語る）に、

殊には讃岐院の御霊《ゴレイ》、宇治悪左府の憶念、新大納言成親卿の死霊《シリヤウ》、西光法師が悪霊《アクリヤウ》、鬼界が島の流人共が生霊《シヤウリヤウ》などぞ申ける。

とあることが知られる。

『日葡辞書』も、"Iquireŏ" と "Xoriŏ" の二項を立てている。『邦訳日葡辞書』の記述を掲げれば、

Iquireŏ.　イキレャウ（生霊）　ある生きている人の名を名乗って、誰かの身体に取り付く悪霊。

Xoriŏ.　シャウリャウ（生霊・精霊・聖霊）　生きている人の霊魂。また、すでに肉体を離れた霊魂。そして、このような霊魂を意味する時は、別の文字［精霊・聖霊］で書かれる。

（下略）

となる。けれども、Xoriŏ の「生霊」と「精霊」「聖霊」を一括するのはいささか荒っぽい。現代の辞典では「生霊」と「精霊・聖霊」の二項に分けるのが普通であろう。

あらたまの

あらたまの年立ち帰るあしたより待たるるものはうぐひすの声　（拾遺集・春・五）

素性法師の新春の歌である。

あらたまの年のをはりになるごとに雪もわが身もふりまさりつつ　（古今集・冬・三三九）

これは在原元方の歳晩の歌である。

あらたまの年の経《へ》ぬれば今しはとゆめよわが背子わが名告《の》らすな　（萬葉集・巻四・五九〇）

（年が経ってしまったので、今はいいだろうと、決してあなた、わたしの名を人に告げないでください）

笠女郎《かさのいらつめ》が大伴家持に贈った歌である。

これらの歌から知られるように、「あらたまの」というのは、「年」にかかる枕詞である。

ただ一夜《ひとよ》隔てしからにあらたまの月か経ぬると心迷《まと》ひぬ　（萬葉集・巻四・六三八）

これは湯原王《ゆはらのおおきみ》が娘子《おとめ》に贈った歌である。ここでは「あらたまの」は「月」にかかっている。

もとより、天体の月ではなく、歳月の月である。『古事記』の歌謡には、この枕詞が一首の中で「年」にかかるとともに「月」にもかかっている例がある。

高光る　日の御子　やすみしし　我が大君　あらたまの　年が来経《きふ》れば　あらたまの　月は来経《きへ》行《ゆ》く……　（古事記・中巻）

美夜受比売《みやずひめ》が倭建命《やまとたけるのみこと》に返した歌である。

「年月」にかかる例としては、平安時代の末になるが、藤原隆房が小督《こごう》と目される女との恋を綴った、家集『隆房集』の冒頭に、

あらたまの年月を送り迎ふるにつけて、思ふことなきにしもあらぬ身の……

とある。このために、この集は別名を「荒玉年月」と呼ばれる。

上代には、これらの他に、「寸戸《きへ》」ということばにかかる場合もあった。

麁玉《あらたま》の寸戸が竹垣《たかがき》編目ゆも妹《いも》し見えなば我《あれ》恋ひめやも　（萬葉集・巻一一・二五三〇）

麁玉の寸戸の林に汝《な》を立てて行きかつましじ寝《い》を先立たね　（同・巻一四・三三五三）

（麁玉の寸戸の林にあなたを立たせておいて行くことなどできそうもない。まず共寝しようよ）

『和名抄』によれば、遠江国に麁玉郡という郡があった。静岡県浜松市北部から浜北市にかけての地域であるという。「寸戸」はその郡の小地名かと考えられているが、確かではない（新

日本古典文学大系『萬葉集　三』）。

「あらたまの」という枕詞が「年」や「月」にかかる理由は、「粗玉をトグ（研）意で同音のト甲類音にかかるのが原義か」（同右書）といわれる。しかし、「寸戸」については「係り方未詳」（同右書）という。

ところで、山上憶良の歌に、

　かくのみや息づきをらむあらたまの来経行く年の限り知らずて　（萬葉集・巻五・八八一）

とある。ここでは「あらたまの」は「来経行く年」にかかっている。あるいは、このようなかかり方から、「寸戸」へもかかるようになったのであろうか。けれども逆に、「あらたまのきへ」がもとで、それが「あらたまの来経行く年」を媒介として「あらたまの年」と続けるようになったとする説もある。これら諸説は、『日本国語大辞典』「あらたまの」の項の「語誌」に詳しい。

平安時代になると、「あらたまの」はいろいろなことばにかかるようになる。

　一枝の菊折るほどにあらたまの千歳《ちとせ》をただに経《へ》ぬべかりけり　（貫之集・二九一）

紀貫之のこの歌では「年」からの発展で「千歳」にかかる。

　別れにし　秋よりのちは　うちわたし　わが心もて　白露の　おきのみそはる　冬はまた　消えせぬ霜と　結ぼほれ　長き夜すがら　目も合はず　嘆き明かして　あらたまの

春にしなれば　つれづれと　ながめくらして　うつせみの　鳴く夏来れば　胸のうち　燃えのみわたり……　（能宣集・三〇八）

この長歌は大中臣能宣《よしのぶ》が東国へ下った女に思いのたけを訴えたもの。「秋」「冬」と季節を追ってきて、「あらたまの春」という。すると、これは新年の春ということになる。つまり「あらたまの」は単なる枕詞ではなくて、「新年の」という意味を持たされるに至っている。

さらに時代が下って、建保四年（一二一六）藤原定家は次のような歌を詠んだ。

あらたまの苔の緑に春かけて山の雫も時は知りけり　（拾遺愚草・一三〇七）

「あらたまの」は一見「苔」にかかるようであるが、作者の意図するところはおそらく句を隔てて「春」にかけ、それとともに「あらたまの苔の緑」ということばの続きで、新緑の苔という視覚的イメージを喚起しようとしているのであろう。

このような新しい、しかしいささか強引な使い方に較べれば、清元「北州千年寿《ほくしゅうせんねんのことぶき》」での「あらたまの霞の衣衣紋《えもん》坂」という修辞などはおとなしい方かもしれない。この作詞者は蜀山人と伝えられる。

「寸戸」と「簀戸」

前項「あらたまの」で『萬葉集』巻第十一の、

麁玉《あらたま》の寸戸我竹垣（寸戸《きへ》が竹垣《たかがき》）編目ゆも妹《いも》し見えなば我《あれ》恋ひめやも　（二五三〇）

という正述心緒の歌を引いた。この歌の「寸戸」は「地名かと言われるが、確かではない」（新日本古典文学大系・脚注）ことばである。そして、「きへ」と訓読される以前は、「すこ」とか「すと」などと訓まれてきた。『萬葉集』寛永板本の傍訓は「スコ」である。『校本萬葉集』を見れば、古訓が「すと」であったり「すこ」であったり、いろいろと揺れていたことがよくわかる。

この「寸戸」を、巻第十四の遠江国の東歌、

麁玉の伎倍乃波也之尓（寸戸《きへ》の林に）汝《な》を立てて行きかつましじ寝《い》を先立たね　（三三五三）

伎倍比等乃（寸戸人《きへひと》の）まだら衾《ぶすま》に綿さはだ入りなましもの妹《いも》が小床《をどこ》に　（三三五四）

の二首を援用して、「キヘト読ベシ」と唱えたのは契沖の『萬葉代匠記』であった。

しかしそれ以前に、旧訓の「すどがたけがき」は歌のことばとして独り歩きし出す。「すど」ということばが既に存在していたので、『萬葉集』の「寸戸」が「すど」に引き付けられてそう訓まれてきたのかもしれない。少なくとも、院政期頃から歌人達が「すどがたけがき」という歌句をしばしば用いるようになったのは、明らかに『萬葉集』の「麁玉の寸戸が竹垣……」の歌の影響であろう。たとえば、源俊頼は「山里にて、夕顔といふものを見て」、

　　山がつのすどが竹垣枝もせに夕顔なれりすかひすかひに　（散木奇歌集・夏六月・三五四）

花ではなく、実の「すかひすかひに」（次々に）生っている有様に興じているのである。あるいはこの夕顔は瓢簞のたぐいかもしれない。

　　山里はすどが竹垣咲きはやす萩女郎花こきまぜてけり　（散木奇歌集・秋七月・四一三）

これも俊頼の歌。「りうくゐん」（琳賢）法師の大原の房に人々とともに遊んで、秋草が趣あったので詠んだという。琳賢は造園作庭をよくした歌僧で、大原三千院には彼の手に成る庭の遺構が今に伝わる。

西行が出入りしていた仁和寺の覚性法親王もこの歌句を用いた。

　　真木の葉の問はず語りも聞き分かずすどが竹垣けさしぐれして　（出観集・冬・五六四）

「すどが竹垣」に降るしぐれの音で、真木の葉の葉ずれの音も聞き分けられないという、閑

寂な庵の趣であろう。

藤原重家は「山家送レ秋」という題で、

深山辺はすどが竹垣洩る風に暮れゆく秋のほどぞ知らるる　（重家集・二七九）

と歌う。一方、中世に入ってのことだが、藤原家隆は「初秋」の題で、

閨近きすどが竹垣吹く風の声もたまらず秋は来にけり　（壬二集・一四七〇）

と詠んでいる。「すどが竹垣」は初秋の風そのものが閨に吹き入るのも防ぎきれるかどうか疑問だが、その「声」も防ぐことはできない。しかし、それによって閨のあるじは秋の訪れを知る。これは貞永元年（一二三二）『洞院摂政家百首』での作である。

今は知名度が高いとはいえないが、ほぼ同じ頃に藤原光経という歌人がいた。藤原定家晩年の弟子で、為家と対立した葉室光俊（真観）はやや著名だが、彼の叔父に当る。この人が、

あらたまのすどが竹垣見えぬまで茂れる露ももみぢしにけり　（光経集・一二九）

と詠んでいる。竹垣にいっぱい置いた露も、あたりの紅葉を反映して赤く見えるという風景であろうか。「あらたまの」という枕詞を冠しているところを見ると、これなどは『萬葉集』の「麁玉の寸戸が竹垣」の歌の本歌取りとして詠んでいることはたしかであろう。そして「あらたまの」の「たま」は「露」の縁語となる。これは「橋本社によみてたてまつ」ったという、秋十五首

歌のうちに見出される作。橋本社は賀茂別雷神社の境内にある末社、『徒然草』に、「賀茂の岩本・橋本は、業平・実方なり」（第六七段）とあり、藤原実方を祭ったと伝えられる。中世の歌人達は歌の上達を祈って、この二社にしばしば詠歌を手向けたのである。

さて、「すど」そのものは、現在の辞書では、「簀戸」「簾戸」などの字が当られ、「竹などをあらく編んで作った枝折戸《しおりど》。あみど」（『日本国語大辞典』）などと説明される。用例としては、これまでに挙げた和歌の例のうち、俊頼や家隆の作例の他には、謡曲「半蔀《はじとみ》」の、

〽げにものすごき風の音、簀戸の竹垣ありし世の、夢の姿を見せ給へ、菩提を深く弔はん。

という箇所が挙げられる。この謡曲本文の注には先の俊頼の「山がつの」の歌が引かれる。この能のシテは『源氏物語』、夕顔の女君の亡霊である。演能の際には、小さな瓢箪をいくつも付けた夕顔の蔓のからんだ半蔀屋が設置される。そしてシテはこの半蔀を出入りする。となると、彼女にも『萬葉集』の「寸戸が竹垣」の編目から見える「妹」に通う俤は認められるであろう。

「酢児」「須児」「素子」

『萬葉集』巻第十秋雑歌で「詠二鹿鳴一」という題詞を有する歌群の最後の歌、

足日木乃　山之跡陰尓　鳴鹿之　声聞為八方　山田守酢児（二一五六）

という一首は、現在では、

あしひきの山の常陰《とかげ》に鳴く鹿の声聞かすやも山田守《も》らす児

と訓読されている。「聞かす」や「守らす」の「す」は尊敬・親愛の意を表す助動詞、「児」についでは、「若い娘をいうか」（新編日本古典文学全集）、「男子であろう」（新日本古典文学大系）と、説が分かれるが、この句を「山田／守らす／児」と読むことには変わりはない。

けれども、平安時代後期にはたとえば藤原仲実の歌学書『綺語抄』で、

あしひきの山のとかげに鳴く鹿の声きこゆやは山田もるすこ

というふうに読まれていた。第四句は「声聞かんやは」（和歌童蒙抄）、「声聞きつやも」（袖中抄）

などと、読みが分かれるが、第五句はいずれも「山田守《も》るすこ」である。すなわち、「山田／守る／すこ」と解し、「すこ」なることばは、『八雲御抄』で、

すこ《酢児》　山田もるもの也（伝伏見院筆本巻第三・人倫部、「人」の項）

というように、〝山田を見張る者〟の意と考えられていたらしい。

このように読み、解釈していただけでなく、歌人はこのことばを歌に用いるようになる。平安末期から鎌倉前期にかけての和歌に、相当多くの作例を見出すことができる。

まず、詠まれた年ははっきりしないが、殷富門院大輔と小侍従が、ともに「田家ノ立秋」の題で、

山田もるすこのすまひのひまをあらみいかゞ身にしむ秋の初風　（殷富門院大輔集・五〇）

山田もるすこが麻衣《あさぎぬ》一重にて今朝立つ秋の風はいかにぞ　（小侍従集・四七）

と、初秋の風に吹きさらされる「すこ」を思いやっている。二人の歌人としての経歴から考えて、この二首は「すこ」の比較的早い用例と見てよいであろう。

年次のわかる例では、寿永元年（一一八二）二十一歳だった藤原定家が堀河百首題の「田家」を詠んだ、

すこがもる山田の鳴子風吹けばおのが夢をや驚かすらん　（拾遺愚草員外・七六五）

という歌が、知られる範囲内では早い。

次いで、建久四年（一一九三）頃『六百番歌合』で藤原有家が「秋田」の題を、

山田もるすこが鳴子に風ふれてたゆむ眠りを驚かすなり　（三八五）

と詠じた。おそらく、右の定家の歌を真似たのであろう。この歌について、判者藤原俊成は、「左歌、たゆむ眠りをといへる心、すことは覚えず。老翁などの守《も》りけるにや」と批判する。「すこ」を年若いものと考えて、若い者ならば山田の見張りという大事な仕事を油断して眠りこけなどしないだろうというのである。けれども、先の定家の歌でも「すこ」は夢を見ていたのであるし、年時未詳だが、寂蓮にも、

山田もるすこがいほりのうたゝねに稲妻わたる秋の夕ぐれ　（夫木抄・巻一二・稲妻・五〇七七）

という作がある。のちに『千五百番歌合』では源家長も秋の歌で、

鳴きすてて鹿はつれなき山おろしにすこが驚く引板《ひた》の音かな　（一二三七）

と詠んだ。若い者でも昼間の労働の疲れから、うとうとしてもおかしくない。俊成の判詞は一見理屈に叶っているようで、やはり庶民の暮らしにうとい貴族の物言いであろうか。

『六百番歌合』以後では、正治二年（一二〇〇）の『正治院初度百首』で藤原経家が「鳥」の題を、

小山田のすこが鳴子に風過ぎて穂波にさわぐむらすゞめかな　（一〇九四）

と歌っている。この時代、雀はあまり和歌に歌われなかった鳥である。

『千五百番歌合』では先に引いた家長の他にも、藤原兼宗がやはり秋の歌で、

　　山田もるすこがすまひのいかならん稲葉の風の秋の夕ぐれ　（一三〇一）

と歌っている。

　現在の辞書類では、この「すこ」は「すご」と読まれて、『萬葉集』の誤訓から生じたことばとして、一応認知されている。たとえば『岩波古語辞典』は「すご〔素子〕」として立項し、「『萬葉集巻頭の「菜採須児」（なつますこ）」や二一五六の「山田守須児《（ママ）》（やまだもらすこ）」などを、ナツムスゴ・ヤマダモルスゴと誤読したところから生れた歌語」と解説して、「卑しい者。賤（しず）」と意を記している。用例として挙げられているのは『六百番歌合』の有家の歌とそれについての俊成の判詞である。『六百番歌合』には、じつは前項で取り上げた、「寸戸」から出たと思われる「すど」とまぎれやすい「すこ」の例もあるのだが、この歌合の本文の異同の問題がからむので、今は触れない。ともかく、ことばは一旦出来てしまうと、正しかろうが間違っていようが、独り歩きを始める、そのよい例であろう。

たまゆら

これまた『萬葉集』の古訓から生まれたことばの例である。『萬葉集』巻第十一に正述心緒の歌として、

玉響　昨夕　見物　今朝　可恋物　（二三九一）

という一首がある。この歌は現在では、

玉かぎる昨日の夕《ゆふへ》見しものを今日の朝《あした》に恋ふべきものか

と訓読され、「玉かぎる」は、

……坂鳥の　朝越えまして　玉かぎる（玉限）　夕さり来れば……　（巻一・四五）

玉かぎる（玉蜻）夕さり来れば猟人《さつひと》の弓月《ゆつき》が岳《たけ》に霞たなびく　（巻一〇・一八一六）

などと同じく、「夕」に掛かる枕詞と考えられている。

けれども、平安時代には、

たまゆらに昨日の暮に見しものを今日のあしたに恋ふべきものか　（柿本人丸集・二〇二）

のように訓まれていた（『古今和歌六帖』ではこの初句を「たまひらき」としている。「たまひゝき」の誤写かもしれない）。おそらくその影響であろう、寛永板本はもとより、日本古典文学大系『萬葉集』でもこの歌の初句は「たまゆらに」と訓まれている。古典大系ではそのように訓みつつ、「たまかぎる」と訓む佐竹昭広説、「まさやかに」「さやかにも」と訓む沢瀉久孝説をも紹介している。武田祐吉『増訂萬葉集全注釈』では「たまたまも」と訓んでいる。現在の訓は佐竹説に落ち着いてきたことを物語っている。

ともかく、一旦「たまゆらに」と訓まれたために、「たまゆらに」「たまゆらの」「たまゆら」ということばは、歌語として独り歩きするようになる。

早くこの「たまゆら」ということばの意味を考えているのは、平安後期の歌学書『隆源口伝』である。同書では、まず藤原通俊の作として、

惜しむには唐国《からくに》人のたまき（腕輪のこと）なるたまゆらだにも春のとまらぬ

という歌を挙げて、「或人云、たまゆらとはしばしといふことなり。康資王母云、たまゆらとはひさしき事也」と、相反する二説を紹介し、次に、

ゆくほどにたまゆら咲かぬものならば山の桜を待ちか誰来む

という歌について、四条大納言公任は具平親王の問いに対して、「たまゆらとは、わくらばといふやうなる事也」と答えたという「或る古双紙」の説を引き、「唯心うちに、久しきことを云ひ給ふ」と述べる。そしてさらに、

さみだれは真菅《ますげ》の笠もほしわびぬたまゆら晴るゝ時しなければ

という例歌を挙げて、「猶しばしとぞ見えたる」という。この歌は寛治五年（一〇九一）十月十三日「従二位親子草子合」に橘成元の詠として出された「さみだれに真菅の笠も朽ちぬべしたまゆらかわくほどしなければ」という「五月雨」の歌の異伝である。隆源は「たまゆら」の語義についていろいろ迷ったが、結局、しばしの意と考えて決着を付けたのであろう。

ところで、隆源は『堀河百首』十六人の作者の一人である。この百首には「たまゆらに」の句を含む歌が何首か見出される。

郭公　　　源師時

久方の天のかご山のほとゝぎす玉ゆら来鳴け雲のまにまに（三七七）

早苗　　　紀伊

おくれじと山田の早苗取る田子の玉ゆら裳裾ほす隙ぞなき（四一五）

雪　　　源師頼

かきくらし玉ゆらやまず降る雪の幾重つもりぬ越《こし》の白山　（九四八）

以上の他に、異伝の歌として、師頼は「月」を次のように詠んでいる。

出づるより見るべき月をたまゆらもへだつる山の端《は》こそつらけれ

やはり『堀河百首』作者の一人である大江匡房も、「同じ心にも思はざりける女のもとへ、人に代りて」として、

たまゆらも恋しと思はん人もがなこはあぢきなのわがひとり寝や　（江帥集・四三一）

と歌い、同じく作者の源国信《くにざね》も、康和二年（一一〇〇）四月二十八日に催した自邸での歌合で「歴《ふル》レ年《ヲ》恋」の題を、

年を経て落つる涙を衣手にたまゆらかけぬ時のまぞなき

と詠じた。この歌合には判詞が記されているが、そこでは「たまゆら」ということばは特に問題とされていない。

永久四年（一一一六）の『永久百首』でも、源兼昌が「七夕後朝」という題を、

朝風に河波さわげ一夜づま玉ゆらだにも立ちとまるべく　（一一三六）

と詠んだ。「一夜づま」は彦星（牽牛）をさしていう。

このように見てくると、「たまゆら」ということばは『萬葉集』のことばへの関心の高まり

に伴って、院政期ににわかに流行し出したということができそうである。そして、「たまゆらに」という形ではなく、「たまゆら」または「たまゆらも」という形で用いられていることも知られる。また、通俊の歌という「惜しむには」の歌では「たまきなるたまゆら」、国信の「年を経て」の作では「落つる涙を衣手にたまゆらかけぬ」というように、「玉」（珠）を連想させようという意図をもって使われているのではないかと思われる。

＊

和歌で使われた「たまゆら」ということばの最も著名な作例は、次の一首であろう。

たまゆらの露も涙もとどまらずなき人恋ふる宿の秋風

『新古今和歌集』七八八番、哀傷歌に選ばれた藤原定家の歌。詞書は「母身まかりにける秋、野分しける日、もと住み侍りける所にまかりて」。建久四年（一一九三）七月九日の詠である。

本居宣長はこの歌に注していう。

めでたし。詞めでたし。たまゆらは、しばしといふ意なりと、八雲御抄に見えて、此哥も、其意によまれたりと聞ゆ。さて露の風にさわぐさま、涙のこぼるゝさま、ともに玉のゆら

くに似たれば、其よしをもかねてよみたまへるにや。（新古今集美濃の家つと）

『八雲御抄』の説は同書巻四言語部の「世俗言」に見えるもので、「たまゆら」という項を立てて、「しばし也　公任説　わくらは同事云々　不レ可レ然歟」と注する。『隆源口伝』以来の説を踏襲しているのである。

定家の歌での「たまゆら」が「露」「涙」と縁語関係にあることは確かである。ただ、宣長の言うように、露が風に吹かれて揺れ動き、涙がこぼれる有様が、玉の揺れ動くのに似ているので、定家がこのことばを選んだのかどうかは、にわかには決めがたい。

定家はこれ以前にも「たまゆら」ということばを用いて、次のように詠んでいる。

昨日までかをりし花に雨過ぎてけさはあらしのたまゆらの色　（拾遺愚草員外・一七）

「昨日までかおっていた桜花に雨が降り、今朝はあらし（強風）が吹き、しばしの間美しい色を見せていた花はもう残ってはいまい」――「あらし」に「有らじ」を掛け、孟浩然の「春暁」の「夜来風雨ノ声　花落ツルコト知ンヌ多少ゾ」に通う風情を歌う。花と共に雨の雫が散るさまも想像できなくはない。これは建久元年六月の「一字百首」での詠、「かきつはた（杜若）」の「き」の字を歌頭に賦して（詠み入れて）いる。

羅《ら》の表紙紐の玉ゆらとき風は天《あま》の河原に雲や巻くらん　（拾遺愚草員外・二六九）

「巻物の羅（薄い絹織物）の表紙に付いている飾り玉付きの紐を解いて、しばしの間強い風が吹くのは、天の河原で雲が巻き立っているのだろうか」――「紐の玉」から「たまゆら」へ、「（紐）解き」から「利き風」へと続ける。これは建久二年六月第二番目の「伊呂波四十七首和歌」で、「ら」の字を賦した秋の歌であった。

ところで「紐の玉ゆら」という大胆なことばの続け方には、お手本があったのではないか。父俊成は二十八、九歳の頃、「法華経二十八品和歌」で「宝塔品　若暫持者、我即歓喜」を題として、

巻々を飾れる紐の玉ゆらも保てば仏よろこび給ふ　（長秋詠藻・下・四一三）

と詠んでいるのである。

「たまゆらの露も涙も」の絶唱が生まれる以前に、「たまゆら」ということばはこのような形で使い馴らされていた。そして、これ以後も、建久七年九月の「韻歌百二十八首和歌」で、

春よただつゆのたまゆらながめしてなぐさむ花の色は移りぬ　（拾遺愚草・中・一六一四）

と詠む。小野小町の名歌、

花の色はうつりにけりないたづらにわが身世にふるながめせしまに　（古今集・春下・一一三）

の本歌取りであるが、それと共に六年以前の「一字百首」での自詠、「昨日までかをりし花に」の改作と見ることもできるであろう。

後京極良経は定家のこのような「たまゆら」ということばの使い方に学ぶところがあったのではないだろうか。その家集『秋篠月清集』には、次のような歌が見出される。

乱れ蘆の露のたまゆら舟とめてほの三島江に涼む暮かな　(西洞隠士百首・六三四)

秋の田の稲葉の露のたまゆらも仮寝さびしき山陰の庵　(院初度百首・七四三)

をはり思ふすまひかなしき山陰にたまゆらかかる朝顔の露　(雑部・一五一八)

前の二首は定家の「春よただつゆのたまゆら」の歌より後の詠である。「をはり思ふ」の歌の詠まれた時期はわからない。

「たまゆらかかる朝顔の露」とは、『方丈記』の一文を思わせる。

ソノアルジトスミカト、無常ヲアラソフサマ、イハヾアサガホノ露ニコトナラズ。イヅレノ所ヲシメテ、イカナルワザヲシテカ、シバシモ此ノ身ヲヤドシ、タマユラモコヽロヲヤスムベキ。

その『方丈記』には、

という文章もあった。新日本古典文学大系の佐竹昭広校注『方丈記』にいう、「たまゆら。

……歌語。直前の「暫シ」と対になっている。歌の用例は少なくないが、散文に用いた例を知らない」。『方丈記』が鴨長明によって書かれたのは建暦二年（一二一二）三月末、良経が急逝してから六年後のことであった。

＊

江戸時代になっても、歌人が露や雨の雫、かんざしの玉などとの縁語として「たまゆら」ということばを歌に詠むという技法は踏襲されている。

　庭に吹く春風たゆめ青柳の葉に置く露の玉ゆらも見ん　（黄葉和歌集・四〇六）

　一目見し人のかざしの玉ゆらもかけて忘れぬ面影ぞ憂き　（芳雲和歌集類題・四一一九）

前者は烏丸光広の「柳」、後者は武者小路実陰の「寄二挿頭一恋」の題詠、いずれも堂上歌人である。

　玉ゆらや花に契りは朝露の夕べも待たず思ひ消ゆらん　（挙白集・三二二三）

これは近世初頭、自由な詠風のゆえに異彩を放っている木下長嘯子が安楽庵策伝のもとで詠んだ、「花帯レ露」の題詠。「契りは浅し」から「朝露」へと転じ、「夕べ」と対をなし、「消ゆ」

と「玉ゆら」「露」の縁語で結ぶなど、技巧を駆使している。その長嘯子とも交際のあった松永貞徳は「雨中郭公」の題を、

雨の糸につらぬきとめよ時鳥おのが五月《さつき》の玉ゆらの声　(逍遊集・七二六)

と歌う。たちまち飛び去ってしまうほととぎすの鳴く声を玉の響きと捉え、それを雨の糸で貫いて繫ぎ止めよという。

下って、江戸派を代表する歌人加藤千蔭は、

玉ゆらに逢ひ見てのちぞ小笹《をざさ》原朝おく露の消えかへりぬる　(うけらが花・一一三四)

と、やはり露の玉のイメージとともにこのことばを詠む。

検索できた範囲内では、ただ一首、

たまゆらに御《み》遊びませば山の端にい隠るる日の惜しけく思ほゆ　(悠然院様御詠草・四一二)

という歌が縁語の技巧を伴わず、「たまゆらに」の語を用いたものであった。この歌の作者は「守令」と記されている。田安宗武の家臣であろう。技巧を用いないのはかえって意識的であるのかもしれない。

近代に入ると、歌人たちはこのような技巧からは一切自由にこのことばを使うようになる。

玉ゆらにほの触れにけれ延《は》ふ蔦の別れて遠しかなし子等はも　(赤光・初版)

これは「細り身」と題する明治四十二年の作品群中の一首。

まながひに立ちくる君がおもかげのたまゆらにして消ゆる寂しさ　（あらたま）

これは大正六年の「節忌」の一首で、「君」は大正四年二月八日になくなった長塚節である。斎藤茂吉にはこの他にも「たまゆら」のことばを用いた歌は少なくない。

たまゆらに眠りに入りし病める児の火照《ほて》る頬にこそ口触りにけり《(ママ)》　（屋上の土）

古泉千樫の夭折したわが子への挽歌、「柩を抱きて」中の一首で、大正三年の作。やはり「アララギ」の歌人で、昭和九年四十六歳で没した中村憲吉も、

病むわれに妻が屠蘇酒をもて来ればたまゆら嬉し新年にして

み冬づく庭の隅よりたまゆらに此方を向きし鼬とほれり

と詠んでいる。ともに晩年の詠である。

「アララギ」派歌人だけではない。若山牧水に、

めづらかに明るき心さしきたりたまゆらにして消えゆきしかな　（路上）

の作。吉井勇に、

山姥の終らむとせしたまゆらに見交はせし目を誰か知るべき　（東京紅燈集）

の詠がある。『路上』は明治四十四年、『東京紅燈集』は大正五年の刊。勇の歌には少々説明を

要するだろう。「子供会」と題する作品群中の一首である。「子供会」とは子供芸者（半玉。お酌）の踊りのおさらいで、「山姥」は舞踊の曲名である。

このように見てくると、平安以来の玉と「たまゆら」ということばの連想は完全に断ち切られたと考えたくなるが、初版『赤光』にも、

しらたまの色のにほひを哀とぞ見し玉ゆらのわれやつみびと

という、「南蛮男」と日本の女の交会を歌った作品群中の一首、それから昭和に入って発表された佐佐木信綱の歌にもこんな例があった。

山峡のもみぢ散る岩にあたる瀬のしぶきがつくるたまゆらの虹　（新萬葉集）

『新萬葉集』全十一巻は昭和十二年から十三年にかけて、改造社から刊行された。信綱は他の九人の歌人と共に選者でもある。やはり歌人であると同時に古典にも通暁していたこの二人にとっては、水玉から「たまゆら」への連続は自然なものとしてとくに抵抗感を生ぜしめないのであろう。

「たまゆら」はこのように近代短歌においても多用される歌語だが、このことばを近代感覚の先端を行く詩に用いたのは北原白秋である。

跳り来る車両の響、

毒の弾丸《たま》、血の烟《けむり》、閃めく刃《やいば》、
あはれ、驚破《すは》、火とならむ、噴火《ふきあげ》も、精舎《しやうじや》も、空も。
紅《くれなゐ》の、戦慄《わななき》の、その極《はて》の
瞬間《たまゆら》の叫喚《さけびや》燬き、ギオロンぞ盲《めし》ひたる。

明治四十二年刊の処女詩集『邪宗門』に収められた詩「謀叛」第四聯である。この詩は「晩秋《おそあき》の静かなる落日《いりひ》」「噴水《ふきあげ》の吐息」の中に憂い泣く「ギオロン」（ヴァイオリン）を叙す第一聯に始まって、次第に苦悩、狂気を深め、ここに至る。

これは詩である。しかし、このような「瞬間《たまゆら》」は現実の地上のどこかに、今確かに存在する。

たまさかに・たまたま

情者　不忘物乎　儻　不見日数多　月曽経去来

『萬葉集』巻第四、六五三番の歌。作者は大伴宿祢駿河麻呂である。この歌は寛永版本では次のような訓が付されている。

コ、ロニハワスレヌモノヲタマ〳〵モミヌヒカスオホクツキソヘニケル

現在最も新しい『萬葉集』の訓読本は新日本古典文学大系本だが、同本ではこの歌は次のように訓まれている。

心には忘れぬものをたまさかに見ぬ日さまねく月そ経《へ》にける

第三句と第四句が読み改められていることになる。『校本萬葉集』によって、「タマ〳〵モ」を「タマサカニ」と改訓しようとしたのは岸本由豆流の『萬葉集攷証』、「ミヌヒカスオホク」を「ミヌヒサマネク」と改めようとしたのは鹿持雅澄の『萬葉集古義』であったと知られる。

しかしながら、一度に現在の訓に改められたのではない。たとえば、日本古典全書本（一九四七年一二月初版）では、

心には忘れぬものをたまたまも見ぬ日さまねく月ぞ経にける

と訓む。武田祐吉『増訂萬葉集全註釈』（一九五七年六月刊）も同じ。『古義』の説は採用されたが、『攷証』の説は用いられていないことになる。ところが、同書より一月早く刊行された日本古典文学大系本が、

情《こころ》には忘れぬものをたまさかに見ぬ日さ数多《まね》く月そ経にける

という訓読本文を提示したのであった。これが現在に至るまで踏襲されているのである。古典大系本では次のように注している。「たまさかに―偶然に。原文、儻。名義抄、タマサカニ・タマタマの訓があるが、タマタマは古い例がないのでタマサカニをとる」新日本古典文学大系別巻『萬葉集索引』によれば、集中「たまさかに」の句は、この六五三番の歌の他、二例見出される。

……わたつみの　神の娘子《をとめ》に　たまさかに　い漕ぎ向かひ……［海若　神之女尓　邂尓伊許芸趍］（巻九・一七四〇）

たまさかに我《わ》が見し人をいかにあらむ縁《よし》をもちてかまた一目見む［玉坂　吾見人　何有

依以　亦一目見」（巻一一・二三九六）

新古典大系本ではこの二首の注で、『名義抄』において、「邂」「邂逅」「偶」などの文字が「タマサカ」と訓まれていることを、訓読の根拠として挙げている。『日本霊異記』の訓釈でも、「邂逅」を「太万左加尓」（上巻第九話）、「偶」を「多真佐可尓」（中巻第十九話）と訓じている。

平安時代の和歌にも「たまさかに」という句は少なくない。

昔語らひ侍りし人の年ごろあひ見ぬが、津の国たまさかといふ所にあるに、鈴虫の鳴きけるに

たまさかにけふあひ見れど鈴虫は昔ならしし声ぞきこゆる　（西本願寺本忠見集・一四五）

この歌では地名「たまさか」（契沖は『類字名所外集』で摂津国豊島郡玉坂村と考えている）に掛けて用いられている。

津の国にたまさかといふ所にしりおき給へる女

てしまなるなをたまさかのたまさかに思ひ出でてもあはれといはなん　（元良親王集・一六九）

この歌でも地名「たまさか」に続けて「たまさかに」という。

いづかたをわがながめましたまさかにゆき逢坂の関なかりせば　（西本願寺本能宣集・五七）

大中臣能宣は東国へ下る恋人と逢坂の関でゆき逢いながら、別人と思って通り過ぎようとしたが、女の方が気付いて声を掛けたので、詠んだのであるという。ここでは「たまさか」と「逢坂」の語呂合わせの意識が働いているのであろう。

　思ひおけるはちすの露のたまさかにかたみに通ふ光とも見よ　（仲文集・八二）

金の露を置いた銀の蓮の造り物を詠んだ歌。蓮の露の玉から「たまさかに」と続ける。

　紀の国や由良のみさきに拾ふてふたまさかにだに逢ふよしもがな　（長方集・一三八）

ここでは「玉」から「たまさかに」と続ける。『百人秀歌』に選ばれた藤原長方の歌である。もとより、このような技巧を伴わず「たまさかに」といった例も少なくない。

　　時々来る人、畳厚う敷きておきたれといひたるに
　たまさかにとふの菅薦かりにのみ来ればよどのに敷く物もなし　（和泉式部続集・一二七五）

「訪ふ」に「十編《とふ》」、「夜殿」に「淀野」を掛ける。

しかし、このように歌った和泉式部は「たまたま」ということばも用いている。

　君は来ずたまたま見ゆるわらはをばいけとも今はいはじと思ふか　（和泉式部日記）

この「たまたま」ということばも、和歌ではしばしば「玉」との連想で用いられる。

　酔《ゑ》ひのうちに懸けし衣のたまたまも昔の友に遇ひてこそ知れ　（発心和歌集・三三一）

『法華経』五百弟子授記品の衣裏繋珠の比喩の心を詠んだ選子内親王の歌。

思ひ草葉末に結ぶ白露のたまたま来ては手にもかからず（散木奇歌集・一一八一）

「来れども不レ留」という恋の題を詠んで『金葉和歌集』に自選した源俊頼の自信作。

ただ、「たまさかに」に比べると、「たまたま」の例は多いとはいえない。この二語の力関係はどうなっているのだろうか。

たま・まれ・まれの細道

『日本国語大辞典』の「たまさか」「たまたま」の語誌の項では、『宇津保物語』『源氏物語』などの平安文学作品、『方丈記』『徒然草』などの中世文学作品でのこれらのことばの用例数から帰納して、「たまさか」は「女性的な用語」、「たまたま」は「男性語」であったと考えている。平安時代での二つのことばに対する感覚の違いはあるいはそうであったかもしれない。しかし、上代文学に「たまさかに」が用いられている場合は、「女性的な用語」とは言えないように思う。ことばとしては「たまさか」が「たまたま」よりも古く、平安の女性は古雅な語感を持った「たまさか」の方を好んで用いたということになるのだろうか。

しかし、平安から中世を通じて、「たまさか」と「たまたま」は併用されていたのであろう。和歌での用例からもそのように思われる。『日葡辞書』にも"Tamasacana."" Tamasacani."" Tamatama.l, tamatamano."などのことばが立項されているのである。そしておそらく、中世の終りか近世初期ごろに、「たまさか」「たまたま」をはしょった言い方として、「たま」ということばが生まれたのであろう。『日本国語大辞典』では「たま〔偶・適〕」の用例として御伽草子の『六代』や『西鶴大句数』などを掲げる。『岩波古語辞典』では『昨日は今日の物語』の例を挙げている。『岩波古語辞典』では「たまさか〔偶・邂逅〕」の項で「偶然出会うさま。類義語マレは、存在・出現の度数が極めて少ない意」と解説し、「まれ〔稀〕」でも「古形マラの転。事の起る機会や物が数少なくて不定、まばらであるさま。類義語タマサカは、出会いの偶然であるさま」と説明する。しかし、「稀」の意で単独に「まら」と言った例は見当たらないようで、「まらひと〔客人・賓〕」の「まら」が「まれ」の古形であるという。『時代別古語大辞典上代編』では「まらひと〔客〕」で「マラは稀《マレ》の交替形か」という。「まらひと」の用例としては、

久須理師波　都禰乃母阿礼等　麻良比止乃　伊麻乃久須理師　多布止可理家利　米太志可利鶏利（薬師《くすりし》は　常のもあれど　まらひとの　今の薬師　尊かりけり　めだしかりけり）

という、奈良薬師寺の仏足石歌碑に刻まれた仏足石歌群中の一首が挙げられる。この「まらひと」が「まらうと」と「まらうど」と転じ、「まれびと」ともなる。

「まれ」の用例も仏足石歌群中に見出される。

彌蘇知阿麻利　布多都乃加多知　夜蘇久佐等　曽太礼留比止乃　布美志阿止々己呂　麻礼

爾母阿留可毛（三十余り《みそぢ》　二つの形　八十種《やそくさ》と　具足《そだ》れる人の　踏みし跡所　まれにもあるかも）

接尾語「ら」が付いて「まれら」ということばも用いられた。藤原道長が花山院の二人の皇子の袴着に際して、

岩の上の松にたとへむ君々《きみぎみ》は世にまれらなる種ぞと思へば（拾遺集・雑賀・一一六五）

と詠んでいる。『日本書紀』神代下で、井戸の水に映った彦火火出見尊を見た豊玉姫は、父母にその男神の顔形を「顔色甚美、容貌且閑（顔色甚だ美《よ》く、容貌且閑《かたちまたみや》びたり）」と告げているが、この「閑」を「末礼良奈利」と訓読することもあったらしい。「まれら」は漢文訓読などの際に用いられることが多かったのだろうか。

「まれ」を重ねて「まれまれ」といった例も『伊勢物語』や『源氏物語』に見られる。『日葡辞書』には、"Marebare. l, Maremare." という見出しもある。中世の末には「まればれ」とも言ったことになる。バもマも両唇音だから通ずるのだ。江戸初期に出版された流布本の『平家物語』巻八「猫間」で、

猫殿の食時《けどき》にまればれわいたに、物よそへとぞ云ける。

というのがその例として挙げられている。高野本では「まれ〱わゐたるに」といっているところである。

十一世紀の初頭のころ、賀茂保憲女は、

冬ごもり人も通はぬ山里のまれの細道ふたぐ雪かも　（賀茂保憲女集・一二三）

と歌っている。その後さほど経たず書かれた『源氏物語』の浮舟の巻で、匂宮が雪の木幡山を越えて宇治の浮舟の所へ忍んで行く箇所に、

常よりもわりなきまれの細道を分け給ふほど、御供の人も泣きぬばかり恐ろしうわづらはしきことをさへ思ふ。

とある。近年の注釈書では、ここに保憲女の歌が引かれる。紫式部はいち早く保憲女の歌を物語の記述に取り込んだのであろうか。

その後、「まれの細道」という語句は、

山里のまれの細道雪降ればなほざりならぬ人ぞとひける　（大江匡房・江帥集・四四二）

山里はまれの細道跡たえてまさきのかづらくる人もなし　（堀河百首・雑・山家　匡房）

降る雪にまれの細道跡たえて人も通はぬみ山べの里　（忠盛集・五七）

降る雪にまれの細道うづもれて跡たえまさる冬の山里　（六条院宣旨集・九三）

などと詠まれるようになる。これらの作者達、大江匡房・平忠盛・六条院宣旨はおそらく保憲女の先行作を知っていたであろうが、それだけだろうか。『源氏物語』の右の叙述をも念頭に

置いて歌っているのではないだろうか。もしもそうだとすると、『源氏物語』の影響下に詠まれた和歌の比較的早い例ということになり、注目されるのである。

〔追記〕

「まれの細道」の句については、拙稿「源氏物語と和歌―「ひつじのあゆみ」「まれのほそみち」の句について―」（「むらさき」四二号、平成一七・一二）でやや詳しく論じた。

とき

toki

夜《よ》と夜《よる》

ふつう「夜《よ》が明けた」「夜《よ》が更けた」と言う。「夜《よる》が明けた」「夜《よる》が更けた」とは言いそうもない。反対に、「夜《よる》になった」と言うけれども、「夜《よ》になった」という言い方はあまり耳にしない。われわれは何となく「夜《よ》」と「夜《よる》」を使い分けている。

昔の人もおそらく使い分けていたのであろう。しかし、その使い分けの原則のようなものがはっきりしていないから、写本などで「夜」と漢字で表記していると、これを「よ」と読むべきか、「よる」と読むべきか、迷うことがある。

次に掲げるものは、正徹本『徒然草』第一九一段の全文である。清濁・句読を分かった他は、仮名遣いなど、すべてもとのままにしている。

夜にいりてもの、はへなしといふ人、いとくちおし。よろづの物のきら、かざり、色ふしも、よるのみこそめでたけれ。ひるはことそぎ、およすけたるすがたにてもありなん。夜はきらゝかにはなやかなるさうぞく、いとよし。人のけしきも、よるのほかげぞ、よきはよく、物いひたるこゑも、くらくてきゝたる、ようゐある、心にくし。匂も物のねも、たゞよるぞ一きはめでたき。さしてことなる事なき夜うちふけてまいれる人の、きよげなるさましたる、いとよし。わかきどち、心とゞめてみる人は、時をもわかぬ物なれば、ことにうちとけぬべきおりふしぞ、けはれなくひきつくろはまほしき。よき男の日くれてゆするし、女も夜ふくるほどにすべり、鏡とりてかほなどつくろひていづるこそおかしけれ。

右の文章には、「よる」と仮名書きした箇所が三つ、「夜」と漢字を用いた箇所が四つある。仮名書きの場合は問題ない。漢字表記の場合どう読むかは、その場その場で判断しなければならない。

まず、最初の「夜にいりて」の「夜」はどうか。正徹本に次いで古い写本である常縁本（伝東常縁筆本）も、流布本である烏丸本（慶長十八年烏丸光広跋古活字本）も、この部分は「夜に入て」と表記するので、これでは決められない。けれども、全巻にわたって細かく読み仮名を付けている細川幸隆本では「夜《ヨ》に入《イリ》て」と読んでいる。この本には慶長二年（一五九七）の奥書がある。従って、その頃の読み方を伝えるものといえる。

さらに『邦訳日葡辞書』を引くと、この辞書には「Yo. ヨ（夜）」と「Yoru. ヨル（夜）」と、両方のことばが立項されているのだが、「Yoru」の方は「夜に」という、副詞と解されるような語義を記すのみであるのに対して、「Yo」では「夜」という語義の次に、多くの例文を掲げている。それらのいくつかを示せば、

Yoga fuquru.（夜が更くる）深夜になる。

Yoni iru.（夜に入る）夜になる。

Youo acasu.（夜を明かす）翌朝まで一晩中寝ずに居る。

Yoga aquru.（夜が明くる）夜が明けて、朝になる。また、比喩。何か当惑したこと、不審なことがすっきりとなる。

などとある。このことによって、戦国末期の人々も「夜《よ》が明けた」「夜《よ》が更けた」という現在の言い方に近い言い方をしていたということが知られる。

最近の辞書ものぞいてみると、『日本国語大辞典』では「よ［夜］」の子項目の一つに「よに入《い》る」を立て、「夜になる。日がくれる」と解説し、『宇津保物語』吹上上の巻と『源氏物語』末摘花の巻の二例を掲げる。『宇津保』の例は藤井の宮での藤花の宴を述べたところで、

夜に入りて続松《ついまつ》参る。

とある。『源氏』の例は、源氏が初めて末摘花に逢ったのちのことで、

おとゞ夜にいりてまかで給にひかれたてまつりて、大殿にをはしましぬ。

とある部分、共に「夜」を「よる」ではなく「よ」と読むのは、読む側の判断による例である。仮名書きの例はないかと思って探したら、

ひとのおづるみたらしがはのもみぢばをよにいるまでもをりてみるかな　（増基法師集・五二）

梓弓はるの日ぐらし諸人のよにいるまでもあそびつるかな　（永久四年百首・春・賭弓・四二大進）

などの歌があった。

以上のような煩瑣な手続きを経て、ようやく『徒然草』第一九一段の書出しは、「夜《よ》にいりて」と読むことが妥当であると判断してよいであろうと考える。

幸隆本によれば、あとの三箇所はそれぞれ、「夜は」は「夜《ヨル》は」、「ことなる事なき夜」は「ことなる事《コト》なき夜《ヨ》」、「夜ふくるほどに」は「夜《ヨ》ふくるほどに」ということになる。これらの読み分けもおそらく妥当なのであろう。が、それにしてもそもそも「夜《よ》」と「夜《よる》」とはどう違うのだろうか。

「夜《よ》」と「世《よ》」「節《よ》」、「夜《よる》」と「寄《よ》る」「縒《よ》る」

「夜《よ》」と「夜《よる》」の違いはどこにあるのだろうか。はっきりしていることは、「「よ」が複合語をつくるのに対して、「よる」は複合語を作らない」（『日本国語大辞典』「よる〔夜〕」の語誌）という点にある。どちらも古くからの用例があるが、『岩波古語辞典』では、「よ〔夜〕」の項に「ヨルの古形」と明記している。『時代別国語大辞典上代編』や『日本国語大辞典』は、「よ」と「よる」との新古については何も言わない。

「よ」と「ひ」、「よる」と「ひる」が対義語の関係にあることは確かであろう。それで、

やすみしし　わご大君の　恐《かしこ》きや　御陵《みはか》仕ふる　山科の　鏡の山に　夜《よる》はも　夜《よ》のことごと　昼はも　日のことごと〔夜者毛　夜之尽　昼者母　昼之尽〕　音《ね》のみを　泣きつつありてや　ももしきの　大宮人は　行き別れなむ（萬葉集・巻二・一五五　額田王）

のように、対句として歌われるのであろう。それにしても、「よ」と「ひ」よりも「よる」と「ひ

る」が新しいとしたならば、付加された「る」は一体何を意味するのだろうか。

『源氏物語』では、「よ」の方が「よる」よりも遥かに多い。『徒然草総索引』によれば、「よ」は十八例、「よる」は七例で、やはり「よ」の方が優勢である。あるいは、「よる」よりも「よ」の方が文章語的な感覚で使われやすいというようなことがあったのだろうか。

「夜《よ》」は、和歌では「世」「代」と掛けられることがある。

ありあけの月のひかりをまつほどにわが世のいたくふけにける哉　（拾遺集・雑上・四三六　藤原仲文）

年くれてわが代ふけ行《ゆく》かぜのを《お》とにこゝろの中のすさまじきかな　（紫式部日記）

ともに「わが世（代）」には「夜」が掛けられている。夜が積もり重なってその人の一生となるのだから、「夜」と「代」「世」とは無関係ではない。

「夜《よ》」は「節《よ》」とも掛詞になる。

なよ竹の夜ながきうへにはつしものおきゐて物を思ころ哉　（古今集・雑下・九九三　藤原忠房）

くれ竹の夜さむに今はなりぬとやかりそめぶしにころもかたしく　（順集・二〇）

忍びたる人、かはたけをうへ《ゑ》よとてを《お》こせたれば

風ふけばこずゑかたよるかは竹のよゝになれなばねもたえぬべし　（馬内侍集・一三九）

竹の類には節があるから、それぞれ、「なよ竹の節《よ》」→「夜長き」、「呉竹の節」→「夜寒」、「河竹の節々《よよ》」→「夜々」と続けたのである。なお、源順の歌では「かりそめ臥し」に「節《ふし》」、馬内侍の作では「寝も絶えぬべし」の「寝」に「根」と、「竹」の縁語が掛かっている。『日本国語大辞典』の「よ［世・代］」に、「竹の節と節との間をいう「よ（節）」と同語源で、時間的・空間的に限られた区間の意」という。一方、「よ［夜］」は「日没から日の出までの間」である。これまた、時間的に限られた一つの区分である。「夜」が「世」「代」と、また「節《よ》」と掛けられるのは、当然のことなのかも知れない。

「夜《よる》」は動詞の「寄る」と掛けられることがある。

すまにはいとゞ心づくしの秋風に、うみはすこしとを《ほ》けれど、ゆきひらの中納言の、せきふきこゆるといひけんうらなみ、よる〳〵はげにいとちかくきこえて、またなくあはれなるものは、かゝる所の秋なりけり。（源氏物語・須磨）

という件りは名文として余りにも有名だが、紫式部は明石の巻でも、帰京した源氏が「かへる浪に」託した明石の上への手紙を、

波のよる〳〵いかに、

なげきつゝ、あかしの浦にあさ霧のたつやと人を思ひやるかな

と書いたと語っている。この箇所では源信明の、

我こひはなにはのあしのうらなれやなみのよる〳〵そよとき丶つる（信明集・六）

という歌が引歌とされる。

すみの江の岸による浪よるさへやゆめのかよひぢ人めよく覧《らん》（古今集・恋二・五五九　藤原敏行）

という古歌もあった。「夜」と「寄る」とは、音の上で連想しやすい。

藤原定家は、糸を「縒る（搓る）」という動作から、「夜《よる》」へと続けた。

伊駒山

いこま山あらしも秋のいろにふくてぞめのいとのよるぞかなしき（拾遺愚草・上・内裏名所百首・一二四一）

これは彼の会心の作である。が、おそらく二世紀ぐらい以前に、

たえきれてわかるとおもへばむばたまのいこそねられねいとのよる〳〵（千穎《ちかい》集・六五）

という、正体不明の別田千穎による前例がある。「縒る」と「夜」の掛詞もまたけっこう古いのだ。

「夜《よ》ぐ(く)たつ」「日くたつ」「くたつ」「本くだつ」

夜が更けることを、「夜更く」という言い方は昔からあった。『萬葉集』にも、

ぬばたまの夜のふけゆけば（夜乃深去者）久木《ひさぎ》生ふる清き川原に千鳥しば鳴く　（巻六・九二五　山部赤人）

さ夜中と夜はふけぬらし（夜者深去良斯）雁《かり》が音《ね》の聞こゆる空を月渡る見ゆ　（巻九・一七〇一　柿本人麻呂歌集）

など、その例は少なくない。

その一方では、「夜ぐたつ（夜くたつ）」という言い方があった。やはり『萬葉集』で越中守時代の大伴家持が、

夜裏《やり》に千鳥の喧《な》くを聞きし歌二首

夜《よ》ぐたちに（夜具多知尓）寝覚めてをれば川瀬尋《と》め心もしのに鳴く千鳥かも　（巻

一九・四一四六）

夜くたちて（夜降而）鳴く川千鳥うべしこそ昔の人も偲《しの》ひ来にけれ　（同・四一四七）

と詠んでいる。

この他に、

佐保川にさばしる千鳥夜くたちて（夜三更而）汝《な》が声聞けば寝《い》ねかてなくに　（巻七・一一二四）

という例があるが、この歌の旧訓は、

佐《サ》保《ホ》河《カハ》尓《ニ》小驟《アソフ》千《チ》鳥《トリノ》夜《サ》三更而《ヨフケテ》尓音《ソノコヱ》聞者《キケハ》宿不難尓《イネラレナクニ》

で、『玉葉集』（冬・九二三）にもこのように訓んで入集している。それゆえ、『時代別国語大辞典上代編』では、「よぐたつ」の例に、四一四七番の歌とともにこの歌をも挙げながら、この歌については、「旧訓サヨフケテ。それによるべきか、またはヨノフケテなどと訓むべきか」という。しかし、近年の『萬葉集』校注本はいずれも「夜くたちて」と訓んでいる。

このような訓読の結果を反映させれば、辞書類ではこのことばを「夜くたつ」として立項させそうなものだが、ほとんどの辞書が「夜ぐたつ」としている。四一四六番の歌が「夜ぐたちに」であって「夜くたちに」とは読めないということから、この名詞形を基準にして、動詞の方もそれにならったのであろうか。清濁の問題は何とも面倒である。素人にはわかりにくい。

それはともあれ、「夜ぐたつ（夜くたつ）」と似たような言い方に、「日くたつ」というのもあった。

朝露に咲きすさびたる月草の日くたつなへに（日斜共）消《け》ぬべく思ほゆ　（巻一〇・二二八一）

秋の相聞の歌である。「月草」は今の露草をさす。朝顔同様、日中には凋んでしまう草花である。朝露をいっぱい置いて盛んに咲いている露草が、日が傾くにつれて凋んでしまう。そのようにわたしも夕方が近づくにつれて命が消えてしまいそうな気がするというのである。「日くたつ」は日が闌ける、日が夕方に近くなるという意味で用いられている。

ただの夜が更けるのではなく、十五夜の夜が更けることを「望《もち》ぐたつ」といった例もある。

望《もち》ぐたち（望降）清き月夜《つくよ》に我妹子《わぎもこ》に見せむと思ひしやどの橘　（巻八・一五〇八）

夏の相聞の歌で、作者は大伴家持、大伴坂上大嬢に橘の花を手折って贈った際の長歌の反歌である。十五夜といっても、中秋の名月ではない。「ここは四月十六日か十七日をさしていうのであろう」（新編日本古典文学全集）とする注釈もあるが、長歌やもう一首の反歌でほととぎすがせっかくの橘の花を大地に散らしてしまったというから、五月の十五夜が更けたのかもしれない。

夜が暁に近づくことを「暁《あかとき》ぐたつ」といった歌もある。

今夜《こよひ》の暁《あかとき》ぐたち（暁降）鳴く鶴《たづ》の思ひに過ぎず恋こそまされ　（巻一〇・二二六九）

秋の相聞の歌。今夜の暁方、夜明けに近づいてゆくことを「今夜の暁ぐたち」といった。その時分に悲しげに鳴く鶴のように、思いは晴れやらず、恋しさが増すよというのである。

これらの言い方、「夜ぐたつ（夜くたつ）」「日くたつ」「望ぐたつ」「暁ぐたつ」に共通する「くたつ」ということばが単独に用いられている歌もある。

わが盛りいたくくたちぬ（伊多久々多知奴）雲に飛ぶ薬食《は》むともまたをちめやも　（巻五・八四八）

天平二年（七三〇）正月十三日、大宰帥大伴旅人の家で催された梅花の宴で人々が詠んだ歌三十二首のあとに、「員外の、故郷を思ひし歌の両首」の一首、作者は旅人その人であると考えられる。「わたしの盛りの年はすっかり過ぎてしまった。雲の上を飛ぶことのできる仙薬を服《の》んでも、また若返ることはないだろう」。「くたちぬ」の「くたち」は四段動詞「くたつ」の連用形、「ぬ」は完了の助動詞である。そして、「くたつ」については、「ある状態が下降的に時とともに変化する」（『日本国語大辞典』）、「下降する。衰える。ある時間的な状態が終わりに近づくという場合に使われている」（『時代別国語大辞典上代編』）などと説明される。

この「くたつ」やそのグループのことばは、以後どのように用いられるのだろうか。

＊

『萬葉集』に見える「夜ぐたつ（夜くたつ）」という語を復活させようとした平安時代の歌人に、六条修理大夫藤原顕季がいる。彼は『堀河百首』で「千鳥」の題を、

夜くたちに千どりしばなく楸おふる清き川原に風やふくらん　（九八一）

と詠んでいるのである。明らかに、大伴家持の、

夜ぐたちに寝覚めてをれば川瀬尋《と》め心もしのに鳴く千鳥かも　（萬葉集・巻一九・四一四六）

と、山部赤人の、

ぬばたまの夜のふけゆけば久木生ふる清き川原に千鳥しば鳴く　（同・巻六・九二五）

の二首を念頭に置き、古風を庶幾しているのである。

中世でこの語を用いた歌人は、今のところ探し当てていない。近世では県門の歌人揖取魚彦《かとりなひこ》が「猿を」と題して、

おく山に蚊火たく翁夜くたちてましら啼く音にね覚すらしも　（揖取魚彦家集・一五三）

と詠んだ。「蚊火たく翁」というのも、

あしひきの山田守《も》る翁《をぢ》置く蚊火《かひ》の下焦がれのみ我《あ》が恋ひ居《を》らく（萬葉集・巻一一・二六四九）

にもとづくものであろう。魚彦のこのような詠みぶりを清水浜臣は、「いささかも後の世のをまじへず、心のままにふる言もて、あたらしき事どもいひとられにけり」（揖取魚彦家集・序）と賞讃している。

近代に入ると、正岡子規が、「ホト、ギス」と題する連作で、

橘ノ花酒ニ浮ケウタゲスル夜クダチ鳴カヌ山ホト、ギス（正岡子規全歌集 竹乃里歌）

と詠んだ。これは明治三十三年の作である。その二年後、明治三十五年九月十九日、子規は三十六歳で早世した。その年の暮の頃か、短歌の高弟伊藤左千夫は、

夜くだちの独机になき大人がこと忍ひつるうたゝさぶしも（左千夫全集・第一巻）

と、師の面影を偲んだ。このような例を見ると、「夜ぐたつ」「夜ぐたち」という古語は、近代においてはアララギ系歌人によって新たに命を吹き込められたのかもしれないなどと想像してみる。

なお、秋艸道人（会津八一）にも、

こがくれてあらそふらしきさをしかのつののひびきによはくだちつつ

いねがてにわがものおもふまくらべのさよのくだちをとしはいぬらし（鹿鳴集）

といった例がある。

『古今和歌集』には「夜ぐたつ」「夜ぐたち」の用例はない。代って、「本くだつ」ということばが見える。

さゝのはにふりつむ雪のうれをゝもみ本くだちゆくわがさかりはも（雑上・八九一）

「題しらず」「よみ人しらず」の歌である。『日本国語大辞典』で、「もとくだつ〔本降〕」として立項し、「（根本が衰えるの意）年老いて次第に衰える」と釈し、用例としては『古今集』のこの歌を挙げる。近年の『古今集』の翻刻では、新編日本古典文学全集、新日本古典文学大系とも、「本くたちゆく」と、清音で読んでいる。後者は、「中世注は「くだち」とも示す」と注している。『冷泉家時雨亭叢書』第二巻に収められている、嘉禄二年本、貞応二年本の二本とも、「た」の字の左肩に声点が付されていて、中世には「本くだちゆく」と読んでいたことが知られる。

このことばは中世初頭においてすでに注を要することばであった。『顕註密勘』の「顕註」（顕昭注）はいう。

くだつとは斜と云字をよめり。なのめになるなり。万葉には降ともかけり。これもかたぶく心也。さゝのすゑのをもくなればもとのかたぶくを、わがよはひのかたぶくによそへてよめり。万葉云、こよひのや暁くだち鳴たづの思ひはすぎず恋こそまされ、是もあかつきたけゆく心也。

そして「密勘」（藤原定家の勘註）も、「くだちゆく事、斜の心、同」と、これに同意している。このことばも歌人たちによって用いられた。早い例では、平安末期に藤原教長が、

瞿麦繞レ籬

おく露にもとくだち行なでしこは籬のよもに咲ぞかゝれる　（前参議教長卿集・二九七）

砌下竹

雨ふれば軒の雫にくれ竹の枝もたわゝにもとくだちゆく　（同・九〇一）

と、二首の歌に詠んでいるし、藤原雅経も、『古今集』の「さゝのはに」の歌を本歌として、

すゑをもみもとくだちゆくさゝの葉のわが身につもるとしの雪かな　（明日香井和歌集・七九二）

と歌う。中世和歌におけるこのことばの用例は少なくない。

終りに、『斎藤茂吉全集』第四巻の「短歌拾遺」から一首。

世くだちて聖し出ねば谷つべに乏しくさける梅の花ぞも

題は「梅」、明治三十九年の作である。

あけぐれ（明け暗）

丹比真人《たじひのまひと》笠麻呂という萬葉歌人は筑紫国に下る旅路で、妻を恋しく偲んで詠んだ長歌の初めの部分で歌う。

臣の女《おみのめ》の　櫛笥《くしげ》に乗れる　鏡なす　三津《みつ》の浜辺に　さにつらふ　紐解け故《さ》けず　我妹子《わぎもこ》に　恋ひつつをれば　明け晩《ぐ》れの（明晩乃）朝霧ごもり　鳴く鶴《たづ》の　音《ね》のみし泣かゆ……

（萬葉集・巻四・五〇九）

この、白文で「明晩」と書くことばについて、契沖の『萬葉代匠記』精撰本はいう。「明晩ハ、明ントスル折ニ却テ暫クラガルヲ云。朝ボラケ日グラシノ声聞ユナリコヤ明晩ト人ノ云ラムトヨメル、是ナリ」。

『萬葉集』にはこのことばを用いた歌がもう一首ある。

明け暗《ぐれ》の（明闇之）朝霧隠《ごも》り鳴きて行く雁は我《あ》が恋妹《いも》に告げこそ　（巻一〇・二一二九）

この歌では、『代匠記』初稿本で「あけくれの朝きり　くれのくもし濁てよむへし」という。このことばは「あけぐれ」と読めというのである。清音で読んでも濁音で読んでも意味に変りがないことばもあれば、清濁が一箇所違っただけで意味が全く変ってしまう場合もある。「あけくれ」は、夜明けと夕暮れ、朝晩の意だが、「あけぐれ」は、「夜が明けきる前の、まだ薄暗い時分」（『日本国語大辞典』）の意である。

契沖が丹比真人笠麻呂の歌の注で引いているのは次の歌である。

山寺にまかりける暁にひぐらしのなき侍れば　　左大将済時

あさぼらけひぐらしのこゑきこゆなりこやあけぐれと人のいふらん（拾遺集・雑上・四六七）

実際、夏の明け方、まだ暗い時分にひぐらしの鳴くことがある。ひぐらしは日暮れ時にだけ鳴く蟬という思い込みが間違っていたことに気付いた作者は、日暮れならぬ朝の明け暮れで「あけぐれ」というのだろうと興じた。

「あけぐれ」は王朝物語では、恋人たちの別れる時分である。『源氏物語』には「あけぐれ」の用例が十二例見られるが、ほとんどが男女の別れの場で用いられている。中でも若菜下の巻では、一つの別れの場で集中して四例もの「あけぐれ」の語が見られる。それは源氏の妻として六条院に住む女三宮の寝所に忍んだ柏木が、女房の手引きによってついに思いを遂げたのち、女三宮と別れる場面である。

隅の間の屏風を引きひろげて、戸をおしあけたれば、渡殿《わたどの》の南の戸の、夜《よ》べ入りしがまだあきながらあるに、まだ明けぐれのほどなるべし、（中略）のどかならず立ち出づる明けぐれ、秋の空よりも心づくし也。

おきてゆく空も知られぬあけぐれにいづくの露のかゝる袖なり

と、引き出でて、愁へきこゆれば、出でなむとするにすこし慰め給て、

あけぐれの空にうき身は消えななん夢なりけりと見てもやむべく

と、はかなげにのたまふ声の、若くをかしげなるを、聞きさすやうにて出でぬる魂は、まことに身を離れてとまりぬる心ちす。

このあやにくな恋の結果、薫が生れ、柏木は心身共に病んで死ぬ。その薫も自身の出生につきまとう影を追う、憂愁に満ちた青年に長じてのち、恋する女のもとより帰る明けぐれを経験する。しかし、それは「山鳥の心《ここ》ちして」（恋人と共寝するのではなく、雌雄分かれ分かれに寝るという山鳥のように）夜を明かしかねたあとのことであった。

しるべせし我やかへりてまどふべき心もゆかぬ明けぐれの道

か、るためし、世にありけむやとの給へば、

かたぐ〳〵にくらす心を思ひやれ人やりならぬ道にまどはば
とほのかにの給ふを、（総角）

薫に山鳥の思いを味わわせた女は、宇治の大君である。
明けぐれに消えるように死んでいった女人もいた。紫上である。
たれも〳〵、ことわりの別れにてたぐひあることともおぼされず、めづらかにいみじく、明けぐれの夢にまどひ給ほど、さらなりや、（中略）
いにしへの秋の夕《ゆふべ》の恋しきにいまはと見えし明けぐれの夢
ぞ、なごりさへうかりける。（御法）

「いにしへの」と、なき紫上を偲んでいるのは、源氏ではない、息子の夕霧である。彼はほとんど恋に近い思慕を美しい義母に寄せていた。

あけぐれ〔明け暗〕……なかなか明けない夜明けを待ち切れなく思う気持から、「惑ふ」「迷ふ」「知らぬ」などと共に使われ、晴れない気分を表わすことが多い。（『岩波古語辞典』）

かはたれ時・かはたれ

「かはたれ時」、略して「かはたれ」ということばがある。

　暁《あかとき》のかはたれ時に島陰《しまかぎ》を漕ぎにし船のたづき知らずも　（萬葉集・巻二〇・四三八四）

　阿加等伎乃　加波多例等枳尓　之麻加枳乎　己枳尓之布祢乃　他都枳之良須母

これは下総国の防人、海上国造《うみかみのこくぞう》他田《おさだの》日奉《ひまつりの》直《あたい》得大理《とこたり》の歌である。この歌の注として、新日本古典文学大系『萬葉集　四』にいう、「「かはたれ時」は、「たそがれ」が「誰そ彼」で夕方の暗い時分を言うように、「彼は誰時」で明け方の薄明を言う」。

時代を隔てて、明治の末、パンの会の最盛時、この会の中心的存在であった北原白秋が歌った、「片恋」と題する短い詩がある。

　あかしやの金《きん》と赤とがちるぞえな。
　かはたれの秋の光にちるぞえな。

片恋の薄着のねるのわがうれひ
「曳舟《ひきふね》」の水のほとりをゆくころを。
やはらかな君が吐息のちるぞえな。
あかしやの金と赤とがちるぞえな。

この詩は『東京景物詩及其他』（大正二年七月刊、東京堂）に収められている。詩人村野四郎は
この詩の鑑賞で、次のようにいう、「「あかしやの金と赤」は、（中略）秋の夕日に映える落葉だが、
この金と赤は、白秋が好んで用いた色調である」（『日本の詩歌』9 北原白秋）。
右の詩での「かはたれ」は「たそがれ」と同じく、明け方の薄明ではなく、暮れかけている
薄暮を意味していることになる。白秋は短歌でもわざわざ次のように表記して歌ってもいるの
である。

薄暮《かはたれ》の水路にうつるむらさきの弧燈《こたう》の春の愁なるらむ　（桐の花）

白秋に少し遅れて、大正三年（一九一四）アララギ派歌人中村憲吉は歌う。

かはたれの駅に灯《ひ》をつけ止まり居るこの夕汽車は何処《どこ》に行くらむ　（林泉集）

ここでも「かはたれ」は薄暮の意味で用いられている。
八世紀半ば、下総国の防人が「暁のかはたれ時」と歌って以来、二十世紀の初めの詩人・歌

人が暮れかけている時間の意で「かはたれ」と歌うまで、このことばはどのように用いられてきたのだろうか。

平安時代に右の萬葉歌に注目した歌人として、藤原仲実がいる。彼は歌語辞典ともいうべき歌学書『綺語抄』の時節部に、「あかときのかはたれどき」という見出しを立てて、先の萬葉歌を掲げている。語義については何も言っていない。

今のところ、平安時代にこのことばを用いた歌の例を見出していない。が、中世になると、数人の歌人によって歌に詠まれていることが知られる。その初めは建保四年（一二一六）の、飛鳥井雅経の歌であろうか。

月影に祈る袖にほふ梅が枝のかはたれどきの有曙《ありあけ》の空　（明日香井和歌集・七三四）

雅経と共に『新古今和歌集』を撰進した藤原家隆も、多分その後このことばを使っている。

住吉にて隆祐会し侍りしに、冬河暁

里近くみぎはの氷音すなり川たれどきをたれ渡るらん　（壬二集・二六六九）

「かはたれどき」に「川」を掛け、さらにこのことばが含む「たれ」を繰り返す形で第五句を続けた。「かはたれどき」という「綺語」への興味から詠まれた作であることは明白だ。

家隆の歌と前後すると思われるのが、貞永元年（一二三二）『洞院摂政家百首』での藤原頼氏の作例である。

行く人も霞みやすらんみ吉野のかはたれどきに春は来にけり　（六七）

そしてやや遅れて、藤原為家も、「康元二年（一二五七）毎日一首中」として、

ほととぎす寝覚めににほふたちばなのかはたれどきに名乗りすらしも　（夫木抄・巻七・夏部一・橘・二六八六）

と歌った。「橘の香」から「かはたれどき」へと続けている。頼氏の作でも為家の詠でも、「かはたれどき」が暁の時間を意味していることは明かである。

この後、しばらくこのことばを用いた歌の作例を見ない。が、室町時代に至って二人の歌人、正徹とその弟子正広が、集中的といってもいいように、このことばを用いている。『新編国歌大観』によれば、正徹の家集『草根集』に五例、正広の家集『松下集』に二例見出すことができるのである。『草根集』の五首はいずれも「暁……」という題詠、一例だけを挙げれば、「暁更神楽」の題詠で、

こも枕高瀬の淀の声すなり河たれ時を神やうつらん　（草根集・巻一三）

これは長禄元年（一四五七）十二月十日の詠、ここでも「河」を掛けて用いている。

あれはたれ時・あれはたそ時

江戸時代の歌人も、やはり薄明の意味で「かはたれ時」の語を用いている。

松永貞徳『逍遊集』

今夜月にあそびてかへる人はたれ川たれ時に舟よばふなり（八月十五夜百五十首・一四七四）

契沖『漫吟集』

たなばたのふみ木の橋も天の川かはたれ時やちさと行くらん（七夕別・一二〇一）

井上文雄『調鶴集』

をしむらむ人もまだこぬあかつきのかはたれ時に散るさくらかな（暁天落花・九七）

けれども、契沖は『萬葉代匠記』では次のように論じてもいるのである。

カハタレトキハ、彼者誰時《カハタレトキ》ナリ、タソカレ時ト云ニ同シ。凡夕モ暁モホノカナレハ、人ノ顔モソレト見ワキカタクテ、名乗《ナノリ》ヲ聞ケハ、夕ヲモカハタレ時ト云ヒ、暁ヲモタソカレ時と云ヘキヲ、タソカレハイツトナク夕ニ云ヒ習ヒテ、暁ニ云ハ、耳ヲ驚カシヌヘシ。源氏物語初音ニ、花ノ香誘フ夕風、和《ノトカ》ニ打吹キタルニ、御前ノ梅ヤウ〳〵紐トケテ、アレハタレトキナルニトカケレハ、カハタレ時ハ夕ニモ云ヘシ。（萬葉集・四三八四番の注）

とはいうものの、今のところ近世で薄暮の時間を「かはたれ時」といった例を知らない。ところが、『日本国語大辞典』は、明治十八年（一八八五）から翌年にかけて刊行された坪内逍遙の『一読三歎当世書生気質』に、「黄昏」に「かはたれ」と振仮名した例を掲げている。

春とはいへどさすがにも、黄昏《かはたれ》ぎはの風寒み。どや〳〵帰る足音の、耳に入りてや起あがる。（第一回）

「かはたれ時」の略「かはたれ」が薄暮の意で使われ始めるのは、明治に入ってからなのだろうか。

「かはたれ時・かはたれ」で中村憲吉の歌を挙げたが、同じ大正三年に窪田空穂も、

かはたれと野はなりゆけど躍り落ち井堰の水のひとり真白き（濁れる川）

と歌っていた。ともあれ、「かはたれ」は詩語・歌語として用いられているのであろう。

『萬葉代匠記』に引かれていた『源氏物語』初音の巻の一文は、正月二日、六条院の臨時客で管絃が奏される場面である。

　花のかさそふ夕風のどやかにうちふきたるに、おまへの梅やう〳〵ひもときて、あれはたれ時なるに、物のしらべどもおもしろく、此殿うち出たるひやうしいと花やかなり。

新日本古典文学大系の「あれはたれ時」の注に、「たそがれ時。あれは誰と見わけがたい時分」という。

類語に「あれはたそ時」というのがある。『今昔物語集』に見える二例は、『源氏物語』での優艶な「あれはたれ時」とはうって変って、恐ろしい。

　今昔《いまはむかし》、冷泉《れいぜん》院ヨリハ南、東ノ洞院ヨリ東ノ角《すみ》ハ、僧都殿ト云フ極《きはめ》タル悪《あし》キ所也。然レバ、打解テ人住ム事無カリケリ。（中略）向ノ僧都殿ノ戌亥ノ角ニハ大キニ高キ榎《え》ノ木有ケリ。彼《あ》レハ誰《た》ソ時ニ成レバ、寝殿ノ前ヨリ赤キ単衣《ひとへぎぬ》ノ飛テ、彼《か》ノ戌亥ノ榎ノ木ノ方様ニ飛テ行テ、木ノ末ニナム登ケル。　（巻第二十七　冷泉院東洞院僧都殿霊語第四）

「夕暮方ニ彼ノ僧都殿ニ行テ」この怪しい単衣を「兵《つはもの》也ケル男」が射落そうとした。「単衣ハ、箭《や》立乍ラ同様ニ榎ノ木ノ末ニ登リニケリ。其ノ箭ノ当リヌト見ル所ノ土ヲ見ケレバ、血多ク泛《こぼれ》タリケリ」。これを射た兵は「其ノ夜寝死《ねじに》ニナム死ニケリ」。新日本古典文学大系で「彼レは誰ソ時」に「たそがれ時。「かはたれ時」「あれはたれ時」とも。霊鬼が活動を始める時間帯」という。

男ハ喘々《あへくあへ》ク、我レニモ非《あら》デ、彼《あ》レハ誰《た》ソ時ニ館《たち》ニ馳着タレバ、館ノ者共立騒テ、「何々《いかにいか》ニ」ト問フニ、只消ニ消入テ物不《い》云《は》ズ。（巻第二十七　近江国安義橋鬼、噉人《ひとをくらふ》語第十三）

女に化けていた鬼に追い駆けられた男の描写である。この男も弟に化けて尋ねて来た鬼に殺されてしまった。

こうなると、「あれはたそ時」は、「おおまがとき」（大禍時・大魔時・逢魔時・王莽時など、さまざまに表記される）にも似たことになりそうだ。泉鏡花の「龍潭譚」（明治二九年一一月）の節題に「あふ魔《ま》が時《とき》」というのがある。文中では「人顔《ひとがほ》のさだかならぬ時、暗き隅に行くべからず、たそがれの片隅には、怪しきもの居て人を惑はすと、姉上の教へしことあり」という。

この作品が発表された五年後、与謝野晶子は『みだれ髪』で歌った。

売りし琴にむつびの曲をのせしひびき逢《あ》ふ魔《ま》がどきの黒百合折れぬ

東雲（しののめ）

東京都江東区のいわゆるベイ・エリアに、東雲《しののめ》という町がある。辰巳の西、豊洲の東、有明の北東。これらの地名はいずれも東京湾を埋立てて作られた島に生れた町の名である。東雲と豊洲の間の運河は東雲運河、東雲橋が二つの町を結んでいる。東雲運河と交わる豊洲運河には朝凪橋という橋もある。辰巳の東は夢の島、その間は曙運河と呼ばれる。お隣の中央区には朝汐運河が月島・勝どきと晴海《はるみ》との間に流れ、勝どきと晴海との間に黎明橋が架かっている。東雲は東京臨海高速鉄道の駅名にもなっている。東京湾岸の地名には夜明けから朝にかけてのことばが多く用いられているのだ。新しく作られた土地への希望や期待をこれらの地名にこめたのであろう。第六号埋立地が東雲と命名されたのは、一九三八年（昭和一三年）であるという。

江東区の東雲よりも古く、明治の末の日本には、東雲と呼ばれた土地が少なくとも二箇所あった。一九〇一年（明治三四年）刊の大西林五郎著『実用帝国地名辞典』を見ると、羽後国山本郡と丹後国加佐郡の二箇所に東雲村があったことが知られる。羽後の東雲村は、現在の秋田県能代市に入り、能代平野の一部、米代川下流北岸の隆起三角洲、東雲原と呼ばれる地に相当する。第二次大戦後開拓され、現在は能代市の住宅地であるという。丹後の東雲村は、現在京都府舞鶴市になっている。東雲村から八雲村、加佐町となり、舞鶴市に編入された。鉄道時刻表の地図を見ると、北近畿タンゴ鉄道の西舞鶴から宮津へ向かって二つめに「東雲」という駅がある。平凡社の『大辞典』によれば、秋田の東雲原にも「省線能代線の羽後東雲駅を置く」とあるが、現在のJR五能線にはこの駅名は見当らない。改名されたのだろうか。

いささか地名にこだわったが、それは今では一般的には地名ぐらいでしか用いられそうにも思われないこの「しののめ」ということばが、少し前まではもっと広く用いられたような気がするので、もしそうであるとすれば、そこにはどういうわけがあるのか、それを知りたいと思ったからである。

試みに、「しののめ」ということばに対する社会の関心の度合いを探る一環として、辞典の項目数を調べてみると、『大辞典』では「シノノメ」に始まって「シノノメ――」という項目が全部で一二項、『日本国語大辞典』では「しののめ」「しののめ――」の類が計七項である。もっとも、後者にあって前者にない項目として「東雲色」「東雲緞子」などがあり、前者は後者にない歌舞伎所作事の外題や魚の名などを含んでいるという、編集方針の違いによる立項のし方の違いをも考えなければならない。が、それにしても辞書はその時代社会のことばに対する感覚を反映しているものであろうから、大まかに言って、「しののめ―」という類のことばは、現代のわれわれの言語生活においてよりは、少し前の日本人のそれにおいて、より高い頻度で用いられていたということは言えそうに思うのである。

二種の辞典に共通の、「しののめ」の語を冠した固有名詞として「東雲新聞」と「東雲節《ぶし》」の二項がある。説明は『日本国語大辞典』の方がはるかに詳しい。たとえば、「東雲新聞」については、『大辞典』は「明治二十一年一月大阪で創刊。中江兆民の主宰」とするだけだが、『日本国語大辞典』では休、廃刊の時期や植木枝盛も関わった、自由民権派の新聞であることをいう。「東雲節」の項では、『大辞典』は「明治三十三年より流行の流行唄。ストライキ節ともいふ」として、その起源については、いずれも東雲楼という遊女屋の事件に由来するという二説を挙げるが、『日本国語大辞典』ではその二説を挙げつつ、それらを「誤り」として、別の起源説を記す。それによれば、「東雲」は妓楼の名ではなくて、娼妓の源氏名であるという。

東雲節の穿鑿もおもしろそうだが、今はさておく。今問題としたいのは、明治期には「東雲」ということばが、時には革新的な新聞の紙名に用いられ、時には遊里においても用いられていたということの意味である。中江兆民や植木枝盛については勉強していないから軽々しいことはいえないのだが、紙名の「東雲」ということばにはやはり希望や理想が託されていたのではないだろうか。それに対して、遊里での「東雲」には、すぐ前の時代、江戸時代の庶民生活での言語感覚が反映しているように思われる。これは『大辞典』が立項した一二項中の一項でもあるのだが、柳亭種彦の合巻『偐紫《にせ》田舎源氏』四編には、「凌晨《しののめ》」という女性が登場するのである。

*

『偐紫田舎源氏』の凌晨《しののめ》は四編下に登場し、五編下で自害して果てる。彼女は黄昏《たそがれ》の母親で、足利光氏に敵対する山名宗全の命を受け、将軍家の宝剣を盗み、さらに鬼女に扮して光氏の命を狙い、事破れて、懐剣を腹に突き立てて死ぬ。黄昏は『源氏物語』での夕顔の女君、凌晨は夕顔の巻に現れ、夕顔を取り殺す、正体不明の物怪をかたどっているのである。江戸の婦女子が熱狂して読んだというこの合巻は劇化されて、さらに多くの庶民に親しまれた。凌晨が鬼女の面をかぶって光氏を殺そうとする場面を芝居に移したものとしては、清元「田舎源氏露《つゆの》東雲《しののめ》」（通称、古寺、または田舎源氏）の出語りとともに演じられた所作事がよく知られている。

これは明治二十四年東京市村座で上演された。

清元といえば、「色彩間苅豆《いろもようちょっとかりまめ》」（かさね）の詞章にも、極めて印象的な「しののめ」ということばの用例が見出される。

〽夜やふけて、誠に文はねやのとぎ、筆のさやたく煙《けぶり》さへ、らちもなかずのしらむしの、めめ

美しい高音でゆっくりとこの詞章が歌われる間、黒幕を背景に、捕手二人が与右衛門にからみ、だんまり模様が演じられ、「しらむしの、め」で浄瑠璃が切れると共に、黒幕を振り落とす。背景は木下川《きねがわ》堤の書割りとなり、空には灯入りの月が出ている。このあと、与右衛門が死霊の祟りによって忽ち醜い顔となったかさねを鎌で惨殺する場面となる。

ただし、古い清元の正本を翻刻したもの、たとえば『日本歌謡集成』巻十一所収のテキストなどで見ると、「夜やふけて」に始まるこの部分の詞章はない。これは上演を重ねるうちに工夫が加えられ、挿入されたもののようである。

『田舎源氏』の草双紙に親しみ、江戸の音曲、とくに清元を愛していた作家、泉鏡花の晩年の作品に、「薄紅梅」がある。昭和十二年一月から三月まで東京日々と大阪毎日の両新聞に連載された。尾崎紅葉の弟子の新進作家として精進していた頃を回想した、自伝的要素の多い作

品である。その初めの方に、主人公辻町糸七の小説「たそがれ」に関連して、貸本屋の若女房お時がお京、女性作家月村一雪（北田薄氷をモデルとする）と『修紫田舎源氏』や清元「田舎源氏露東雲」について話す場面がある。『田舎源氏』五編上の一節を引用したのちに、

「すぐ此のあとへ、しのゝめの鬼が出るんですのね、可恐《こは》いんですこと……。」

と、お京に言わせている。

その鏡花は、明治四十一年一月、「草迷宮」を発表している。幼い時母から聞いたのと同じ手毬唄を歌っていた美しい年上の娘を探して旅を続ける少年の物語。夢幻能のようなこの物語の終り近く、逗子葉山の夜更けの化物屋敷に、白鬼の面をかぶった美女――少年が探し続ける永遠の女が現れ、能のワキ僧に相当する旅僧と対話したのち、しらしら明けに異界の眷属と共に去ってゆく。その描写に、

其の後を水が走つて、早や東雲《しのゝめ》の雲白く、煙のやうな潦《にはたづみ》、庭の草を流るゝ中に、月が沈んで舟となり、舳《へさき》を颯と乗上げて、白粉《おしろい》の花越しに、すら〳〵と漕いで通る。

とある。

これらのことを合わせ考えると、鏡花の場合、「東雲」ということばは、田舎源氏ふうな草双紙の世界の雰囲気の裡に身につき、作中にも用いられるようになった、思い入れを伴ったこ

とばではなかったかという気がしてくる。

しかしながら、草双紙の世界とはちょっと接点を見出しがたいような近代詩人、萩原朔太郎も、「しののめ」ということばをその詩で用いている。たとえば、大正六年二月に刊行された彼の第一詩集『月に吠える』に収められている「ありあけ」という詩は、

ながい疾患のいたみから、
その顔はくもの巣だらけとなり、
腰からしたは影のやうに消えてしまひ、
腰からうへには藪が生え、
手が腐れ
身体《しんたい》いちめんがじつにめちやくちやなり、

といった気味の悪い叙述に続いて、

ああ、けふも月が出で、
有明の月が空に出で、
そのぼんぼりのやうなうすらあかりで、
畸形の白犬が吠えてゐる。

しののめちかく、
さみしい道路の方で吠える犬だよ。
と結ばれる。
『純情小曲集』は朔太郎の第四詩集で、刊行は大正十四年八月である。その巻頭詩「夜汽車」は、
有明のうすらあかりは
硝子戸に指のあとつめたく
ほの白みゆく山の端《は》は、
みづがねのごとくにしめやかなれども
まだ旅びとのねむりさめやらねば
つかれたる電燈のためいきばかりこちたしや。
と歌い出され、
ふと二人かなしさに身をすりよせ
しののめちかき汽車の窓より外をながむれば
ところもしらぬ山里に
さも白く咲きてゐたるをだまきの花。

と終る。

朔太郎は少年時代、『みだれ髪』の影響の著しい短歌を作っていたという。彼にあっては「しののめ」ということばは、そういった短歌の詠作を通じて自身の詩語となっていったのだろうか。

*

近代短歌でも「しののめ」ということばは珍しくはない。津端亭編纂『現代短歌分類辞典』新装版一八巻（平成三年刊、同刊行所）では、「しののめ〔名詞〕〔東雲〕」として立項し、一五九首の作例を掲げている。もっとも重出している歌もあるので、若干減るものの、明治から昭和にかけて、「しののめ」は多くの歌人達によって歌われ続けてきたことばであったことが確かめられる。

この例歌群を見ていて、「しののめ」の語を多用する歌人に窪田空穂がいることに気付いた。重出を省いて数えると、同書で掲げる空穂の「しののめ」の例歌は一五首で、与謝野晶子の一三例や太田水穂の一〇例を凌いでいる。

このことを手懸りに、空穂の最初の詩歌集『まひる野』（明治三八年刊、鹿鳴社）に直接当ってみると、

はかな心地涙とならむ黎明《しのゝめ》のかゝる静寂《しゞま》を鳥来て啼かば
さまよひて黎明《しのゝめ》行けば木下闇なほわが路のあるにも似たる
江の水の覚めてゆらめく黎明《しのゝめ》を別れもわぶる夜《よる》の面影　（椎がもと）
昨夜《よべ》の夢おくりて今朝の東雲《しのゝめ》のにほひに染まむ更月《きさらぎ》のわれ
蕋《しべ》の香に染《し》みぬる嘴《くち》をひらきては鶯なきぬ黎明時《しのゝめどき》を　（そよ風）
黎明《しのゝめ》や黄昏《たそがれ》えては人の名を負はしゝ星の消えゆくを見る　（あこがれ）

など六首の短歌と、「巡礼」「緑蔭」「枳殻」の三編の詩に、「しののめ」ということばを見出すことができた。短歌六首はいずれも『現代短歌分類辞典』不載の歌である。このように見てくると、「しののめ」は『まひる野』というか、むしろ空穂の歌の世界では相当重要なことばになっていると言ってよいであろう。

『現代短歌分類辞典』の例歌群中には、近代短歌を代表する二人といってもよい北原白秋と斎藤茂吉の名が見えないことも、一応注目される。が、この辞典に載っていないからといって、この二人が「しののめ」ということばを全く使わなかったとは言い切れない。現に、茂吉は『赤

光』で、

目をあけてしぬのめごろと思ほえばのびのびと足をのばすなりけり

と詠んでいる。この「しぬのめごろ」は、おそらく当時の『萬葉集』の訓読では「の」を「ぬ」と読む傾向が強かったので、「しののめごろ」を古風に言ったのであろう。大正二年五月作の「口ぶえ」という作品群中の一首。この直前に、

この夜《よる》をわれと寝《ね》る子のいやしさのゆゑ知らねども何か恋しき

直後に、

ひんがしはあけぼのならむほそほそと口笛ふきて行く童子あり

という歌がある。「しぬのめごろ」は、あるいは娼家で迎えたしののめ時かもしれない。古典和歌では「しののめ」は、確かに後朝の別れを連想させることばであった。

（題しらず）　読人しらず

しののめのほがらほがらと明けゆけばおのがきぬぎぬなるぞかなしき（古今集・恋三・六三七）

題しらず　寵《うつく》

しののめの別れを惜しみわれぞまづ鳥より先になきはじめつる（同・六四〇）

（題しらず）　西行法師

有明は思ひ出であれや横雲のただよはれつるしののめの空　（新古今集・恋三・一一九三）

暁の時雨に濡れて女のもとより帰りて、朝《あした》につかはしける　前大納言為家

帰るさのしののめ暗き村雲もわが袖よりやしぐれそめつる　（玉葉集・恋二・一四五六）

返し　安嘉門院四条

きぬぎぬのしののめくらき別れ路に添へし涙はさぞしぐれけん　（同・一四五七）

『萬葉集』には「しののめの」という歌句がある。これは「篠竹の芽の」という意らしく、

秋柏《あきかしは》潤和川辺《うるわかはへ》の篠《しの》の芽の（細竹目）人には忍び君に堪《あ》へなく　（巻一一・二四七八）

朝柏潤《うる》八《や》川辺の篠の芽の（小竹之眼笑）偲《しの》ひて寝《ぬ》れば夢《いめ》に見えけり　（同・二七五四）

と、「忍ぶ」「偲ふ」を起こす序詞のように用いられている。

また、「いなのめの」という枕詞がある。

相見らく飽き足《だ》らねどもいなのめの（稲目）明けさりにけり舟出せむ妻　（巻一〇・二〇二二）

というように、「明く」にかかる枕詞として用いられているが、「語義・係り方ともに未詳」（新日本古典文学大系『萬葉集　二』）という。しかし、『時代別国語大辞典上代編』では、この両語の原義を、それぞれ「小竹の目の」「稲の目の」と考えて、「原始的住居に、篠や稲を粗く織った

採光・通風の窓がわりのむしろ、そのすきまなどの意か」、その「しののめ」が後世「明く」の枕詞として使用されていくうちに語源が忘れられて、夜明けの意に用いられるようになったのかと考えている。もしもそうだとすると、「しののめ」ということばの起こりは縄文時代から弥生時代まで遡るのかもしれない。

先に「しののめ」は明治から昭和まで、歌ことばとして生きていたと言った。平成の現代ではどうなのだろうか、現代の歌びとたちに聞いてみたい気がする。というのも、最近の短歌にはこのことばを余り見かけないように思われるのだが、もしもこのような、一種艶な美しさをかもし出すことばを今の歌よみたちが忘れているとしたら、何とも残念だからである。

そら

sora

星の位・星の宿り

〽待ち得て今ぞ秋に逢ふ。待ち得て今ぞ秋に逢ふ。星の祭を急がん。（関寺小町）

七月は星祭、七夕の月である。東京はもとより、その他の都市でも、夜空の星を仰ぐことはとみに少なくなったが、昔の日本人にとって、星はどのように意識されていたのだろうか。古いところから探ってみよう。

北山にたなびく雲の青雲の星離れ行く月を離れて　（萬葉集・巻二・一六一）

朱鳥《あかみとり》元年（六八六）九月九日、天武天皇の崩後、大后（持統天皇）の詠んだ挽歌である。訓読は新日本古典文学大系『萬葉集　二』に拠った。同書の注に「歌の意味、特に下二句が分かりにくい。「衆星は月をその主と為す」（大樹緊那羅王所問経二）という。何か関係を求め得るのであろうか」といい、「北山にたなびいている雲、その薄雲が山を離れて行くように星が遠ざかって行く、月から離れて」と口語訳している。

これ以前に刊行されているものでは、新編日本古典文学全集『萬葉集①』や和歌文学大系『萬葉集㈠』が、共に「星離れ行き月を離れて」と訓み、前者は「皇后や皇子から離れて天皇が崩じたことを、雲が星や月を離れて遠くへ去って行ったように述べた隠喩」と注し、後者も「天皇の霊の遠ざかる悲しみを詠んだ歌」という。

雲が星や月を離れて行くのか、雲のように星が月から離れてゆくのか、何ともわからない。いずれにしても、星や月、そして雲は寓意を有するのであろう。

後の和歌になると、日は天子、月は后、そして星は大臣や公卿・殿上人を意味するように用いられることがある。たとえば『日本国語大辞典』では「星」の子項目に「星の位」や「星の宿り」を立て、「ほしの位　星のたたずまい。また、雲上人を星にたとえて、その位や三公以下で禁中に列する公卿、殿上人をいう。星の宿り」、「ほしの宿り……②大臣、公卿、殿上人のこと。星の位」などと釈している。「ほしの位」の例は『宇津保物語』菊の宴の巻での、兵衛の君という女房の、

雲の上に星の位はのぼれどもこひ返すには延びずとか聞く

という歌（源実忠への返歌）と、『千五百番歌合』の祝、千九十五番右、藤原家隆の、

かげなびくほしの位ものどかにて空にぞしるき御代のけしきは　（二一八九）

という歌である。また、「ほしの宿り」の②では、『拾遺愚草』と『増鏡』での長歌の例を挙げている。『増鏡』の長歌の作者は藤原定家なので、二例とも同じ作者の歌となる。まず、初めの例は『拾遺愚草』上、「十題百首」のうち、「天部十首」で、

すべらぎのあまねきみよをそらに見てほしのやどりのかげもうごかず（七〇三）

というもの、建久二年（一一九一）、三十歳の時の作である。次の長歌も『拾遺愚草』下に収められた形で示すと、慈円が後鳥羽院に奉った長歌に対し、院の命で返したもので、

……君はみかさの　山たかみ　くもゐのそらに　まじりつゝ　てる日をよゝに　たすけこし　ほしのやどりを　ふりすて、ひとりいでにし　わしの山……（二七四〇）

と歌う。元久二年（一二〇五）に詠まれたものである。日は天子、星は廷臣という比喩を理解するのにふさわしい例は、あとの長歌であろう。以前、この部分を次のように訳してみた。「あなたは藤原氏の高貴なお家柄の出自でいらっしゃるので、当然代々の御先祖のように、宮中に出仕して御門を輔佐する枢要の臣となるべきところを、それをふりすてて独り仏教界に入られ、……」（久保田『訳注藤原定家全歌集』上、昭和六〇年三月刊、河出書房新社）。

『日本国語大辞典』の「星」の小項目には「星のごとく列《つら》なる」というのもあって、「多くの人が威儀を正して居並ぶさまをいう」と解説し、『平家物語』巻第八・名虎の例を挙げる。そ

れは惟喬・惟仁両親王のいずれを皇位継承者とするかを、競馬と相撲の勝負で決しようとしたという話の流れの中で、

こゝに王公・卿相花の袂をよそほひ、玉のくつばみをならべ、雲のごとくにかさなり、星のごとくにつらなり給ひしかば、

と述べられている部分である。多くの人の居並ぶ形容に違いないが、その多くの人々は廷臣である。

さらに謡曲「鉢木」で、「今度の早打ちに、上り集まる兵《つはもの》、煌星《きら》のごとく並み居たり」という「星」も、浄瑠璃『仮名手本忠臣蔵』の大序で、「国治つてよき武士の、忠も武勇も隠るゝに、たとへば星の昼見えず、夜は乱れてあらはるゝ」という「星」も（ここでは大星由良之助を暗示するのだが）、中央権力に臣従する家来というニュアンスを伴って用いられているのである。そのようなニュアンスを『萬葉集』の大后の歌での「星」にも認めてはいけないのだろうか。ふと、キトラ古墳の星宿図なども思い浮かぶのだが……。

星の光をいうことば

「日影」は日の光、「月影」は月の光を意味する。だから、「星影」は星の光である。それに違いはないのだが、『日本国語大辞典』で「星影」の項を引いてみて、その用例として挙げられているのが、室町時代の歌人・連歌師の桜井基佐の歌集『基佐集』の、

山かづらまだ星影に鶯の羽たたきて鳴く梅のしづえに（六）

という歌と、尾崎紅葉の小説「二人女房」であることを知って、一寸意外に思った。これは「日影」や「月影」に比べて、「星影」ということばが、昔はあまり使われなかったことを物語っているのだろうか。試みに『新編国歌大観』を引いてみると、やはり基佐の歌以前には用例を見出せない。以後でも、安政七年（一八六〇）に刊行された『大江戸和歌集』に、

月明き空にまれなる星かげを集めて見する庭の白菊（秋・九六四）

という、菊を星に見立てた一首を見つけたにとどまる。「星影のワルツ」などと、歌謡曲の題

にもなっているが、「星影」ということばが日本語で市民権を得たのは、さほど昔からのことではなさそうである。

では、「星の影」という語句はどうかと、同じ辞書を見ると、その用例には藤原定家の『拾遺愚草員外』で二度目の「伊呂波四十七首」のうち「ほ」の字で始まる、

星の影の西にめぐるも惜しまれて明けなむとする春の夜の空　（一二五二）

という歌と、『猿蓑』の、

合歓の木の葉ごしもいとへ星のかげ

という芭蕉の星合（七夕）の句が挙げられている。定家の歌は建久二年（一一九一）の詠、芭蕉の発句は元禄三年（一六九〇）の作とされる。

他の辞典でもこの語句の例としては定家の歌が挙げられてきたが、この場合は一首、定家に先行する歌を見つけることができた。嘉保三年（一〇九六）五月の『兵衛佐源師時家歌合』での、

沢にうつる星のかげかと見えつるは迷ふ螢の光なりけり　（七）

という歌で、作者はわからない。

定家の歌以後には何例か知られるが、伏見院や正徹が複数の作例を残していること、近世和歌ではだんだん多くなる傾向が認められることなどがおぼろげながらつかめた。

「星の光」という語句は辞典類で立項していないようだが、『狭衣物語』巻四に、「月はなけれど、星の光けざやかなるに、軒近うて、いとたどたどしきほどにもあらねば」という叙述がある。和歌では『源三位頼政集』に、「南殿の花ゆかしがりて、見せよと申したる女」へ与えた、

しかすがに昼はまばゆし雲の上の花はよる見よ星の光に（五三〇）

という歌が早い例かもしれない。以後、『新古今和歌集』の主要歌人たちが詠んでいる。この語句も時代が下るにつれて漸増の傾向を見せる。

星の明るい夜、月が出ていないで星だけが輝いている夜をいう「星月夜」（ほしづくよ・ほしづきよ）ということばは、平安後期から見出される。『狭衣物語』の前引の叙述の少し先に、「星月夜のたどたどしきに、烏帽子のきと見えたるに、心惑ひしたまひて、やがてうつぶしたまひて」とある。新編日本古典文学全集のこの語の注に、「諸作品を通じての初例か」という。『岩波古語辞典』では『今昔物語集』の例を掲げる。巻第二十七冷泉院水精、成㆓人形㆒被㆑捕語第五という、精霊の出て来る話で、その時間が「星月夜」の晩である。

虚寝ヲシテ臥タリケレバ、翁和ラ立返テ行クヲ、星月夜ニ見遣ケレバ、池ノ汀ニ行テ掻消ツ様ニ失ニケリ。

永久四年（一一一六）『永久百首』の、

われひとり鎌倉山を越えゆけば星月夜こそうれしかりけれ　（五〇四）

という、女房の常陸の星の歌がこれらに続く例であろう。『岩波古語辞典』では「ほしづきよ〔星月夜〕」の②として、「歌・連歌などで、「鎌倉」「鎌倉山」を導くことば」という項目を立て、この常陸の歌を挙げて、〝これにもとづく用法ともいうが、かかり方未詳〟という。室町時代には「星月夜」は、中世都市・鎌倉の地名になっていた。すなわち、尭恵の『北国紀行』にいう、

極楽寺へ至るほど、いと暗き山間《あひ》に星月夜といふ所は、昔此道に星の御堂とて侍りきなど、古僧の申侍しかば、

今もなを星月夜こそ残るらめ寺なき谷の闇の灯火《ともしび》

そして今、極楽寺近く、虚空蔵堂の前に星月夜の井と称するものがある。

「星明り」ということばもある。『平家物語』の巻第九・二度之懸での、「星あかりに、鎧の毛もさだかならず」という例が早いものらしい。

月と比べると、星については（七夕を除いて）日本の古典文学はさほど関心を払っていないようにも見えるが、それでも星の光についての表現はこのように決して少なくはない。

歌われる星・謡う星

星は　すばる。ひこぼし。ゆふつづ。よばひぼし、すこしをかし。尾だになからましかば、まいて。（枕草子・新日本古典文学大系本二三五段）

「すばる」と聞くと、中年世代の男性は「さらば昴よ」という歌の文句を連想し、荒野のような人生を歩むわが身を振り返るのだろうか。近代文学に関心のある人ならば、明治四十二年（一九〇九）から大正二年（一九一三）まで刊行された新ロマン主義の文芸雑誌「昴」を思い浮かべるかもしれない。いずれにせよ、「すばる」という音の響きはどこか新しいという印象を与える。けれども、清少納言が使っているのだから、これはれっきとした古語である。清少納言より前、源順の『和名抄』でも、「昴星……和名須波流」という。現代の説明では「おうし座にある散開星団プレアデスの和名」（『日本国語大辞典』）ということになる。（注）

それほど古くから日本人に知られていた星なのに、和歌に詠まれることがほとんどなかった

のは不思議だ。気付いたところでは、香川景樹が「夏天象」の題で、

山の端にすばるかゞやく六月のこの夜はいたく更けにけらしな　（桂園一枝拾遺・二〇一）

と詠んでいる例ぐらいである。

彦星は七夕の牽牛星、犬飼星だから、この星の歌は枚挙に暇がない。

「夕つづ」は『萬葉集』の時代から歌われている。

夕星《ゆふつづ》も（夕星毛）通ふ天道《あまぢ》を何時《いつ》までか仰ぎて待たむ月人《つきひと》をとこ　（巻一〇・二〇一〇）

『和名抄』で漢名「長庚」、また「太白星」を「世間謂二之由布都々一」といい、「暮見二於西方一為二長庚一耳」と説明しているので、これは宵の明星、すなわち金星を意味する。ただし、新日本古典文学大系『萬葉集　二』では右の歌の「夕星」を単に「夕方の星」とし、具体的には七夕の二星の逢瀬を歌ったものとしている。しかしまた、「夕星《ゆふつづ》の　か行きかく行き」（巻二・一九六）や、「夕星の　夕《ゆふへ》になれば」（巻五・九〇四）など、枕詞として用いられる「夕星」は、宵の明星の金星としている。

このことばは、おそらく中世の末頃までは「ゆふつづ」と発音していたのであろう。『日葡辞書』での綴りも“Yŭtçuzzu”である。しかし、『枕草子』の翻刻を見ると、冒頭に掲げた章段はどの本でも「ゆふづつ」と読んでいる。地名の「秋葉《あきば》が原《はら》」「秋葉原《あきはばら》」のように、濁音の位置が変っ

たのだろうが、それはいつごろ起ったのだろうか。
宵の明星は明けの明星でもある。『萬葉集』では「明星《あかぼし》の（明星之）明くる朝《あした》は」（巻五・九〇四）と、やはり枕詞として歌われている。神楽歌「明星《あかぼし》」の「安加保之《あかぼし》」、「明星《みやうじやう》」である。
「よばひぼし」は夜這い星で、流星のこと。『和名抄』で「流星、一名奔星」と注し、「和名与波比保之」という。ただし、『枕草子』の「よばひぼし」について、新潮日本古典集成『枕草子 下』では、「尾だになからましかば」と書いているところから、彗星と「混同しているのかも知れない」ともいう。
和歌では平安末期に藤原為忠が夜這い男に見立てて、
うらやましたれをみ空のよばひ星暮るれば出でて光知るらん（夫木抄・巻一九・星・七七一二）
と羨やみ、鎌倉時代の初めには寂蓮が、
天の川まれなる中もあるものを思ひかねたるよばひ星かな（同・七七一三）
と、七夕の二星とは対照的な性急さを皮肉る。
安政六年（一八五九）九月、江戸市村座で上演された、河竹新七（黙阿弥）作の所作事「日月星昼夜織分」の星のくだりでは、牽牛織女が三年越しの逢瀬をかこっているところへ夜這い星が飛んできて、雷夫婦の痴話喧嘩を御注進に及ぶ。初演は清元と竹本（義太夫節）の掛合いだった。今は清元の曲で、通称「流星」、これも昔は「夜這星」と呼んでいた。

清少納言が「星は」で挙げている惑星は金星だけということになる。しかし、古代中国では、五星といって、木星・火星・土星・金星・水星の五惑星を挙げ、五行説と結び付けてその運行を考えることが行われていた。その考え方が日本にも移入されて、いろいろな文学作品に現れている。たとえば、『聖徳太子伝暦』の敏達天皇九年の条にこんな話が見える。唱歌の巧みな土師連《はじのむらじ》八嶋が夜歌っていると、非常によい声でその歌を合唱する者がいる。八嶋が不思議に思ってその者を追ってゆくと、住吉の浜まで行って、暁方の海に入ってしまった。このことを聞いた聖徳太子は、天皇に奏上した。「これは熒惑星です。天には五星があり、五行を司り、五色を象っています。歳星（木星）は色が青で、東木を司り、熒惑は色が赤で南火を司ります。この星は降って人となり、童子にまじって遊び、好んで歌を謡います。その歌は未来の事を歌います」。天皇はこれを聞いて大層お喜びになった。

この伝承は『梁塵秘抄口伝集』巻第一に「今様と申す事のおこり」として語られるが、さらに『夫木和歌抄』巻第十九によれば、その続きがある。天皇はそこで次のように歌った。

わが宿の甍《いらか》に名乗る声は誰《た》そたしかに名乗れ何の草とも　（星・七七一六左注）

すると、星が天皇に返歌した。

　天の原南に澄めるひなつ星何の草ともとよさとにほへ　（七七一六）

ここにいう熒惑星とは火星のことである。天皇と異星人の問答なので、意味の取れないところもあるが、ともあれ、古代日本人はヨーロッパ人に先立って、火星人を想像していたのである。

（注）吉井勇の『酒ほがひ』に「汝《な》とともに浅草寺《あさくさでら》の山門に昴宿《プレエアデス》をながめしことあり」という歌がある。和歌文学大系で鷺只雄氏が注するのによれば、初出は「スバル」明治四二年一一月で、そこでは第四句は「PLEIADESを」であったという。また、「汝」と呼び掛けられている人物は当時パンの会のメンバーと交歓していたドイツの美術家 Fritz Rumpf である。

鎮星（土星）

古代中国で行われた五星という考えは、日本の類書（百科事典）の『二中歴』や『拾芥抄』にも記されている。試みに『二中歴』の「乾象歴」を見ると、「五星」という項があって、

東木歳星名㆓青竜㆒　南火熒惑為㆓朱雀㆒
中央土鎮是（「星」ノ誤カ）勾陳　西金大白謂㆓白虎㆒
北水辰星此玄武
　今案、此加㆓日月㆒為㆓七曜㆒、此加㆓羅睺計都㆒為㆓九執㆒

という（『尊経閣叢刊』複製による）。火星についてはすでに述べたので、今回は土星が日本の古典にどのように登場するかを垣間見る。

『二中歴』の右の記述によれば、土星は五方のうち、中に配される。すると五色では黄に相当することになる。「勾陳」は「句陳」に同じで、極星の意。天極に最も近い星。北極星と似

たような星と考えられていたのであろう。

別名は「鎮星」。『日本国語大辞典』では、「ちん‐せい〔鎮星〕」を、「土星の異称。塡星（てんせい）」と説明して、『日本紀略』天徳四年（九六〇）四月七日の条、中世辞書『塵芥』、読本『忠臣水滸伝』などの例を挙げる。

『日本紀略』の例は、「鎮星犯二牽牛一」という短い記事だが、それ以前にもこの月には、「月与二大白一合宿」（四日）、「大白昼見、戌刻、月犯二北河一」（五日、「北河」は双子座の三つ星）などの、「天変」と見なされていた現象が続いた。それゆえに朝廷では「為レ消二除天変之難一」、大日院で熾盛光法を修している。

このことのあった天徳四年は、文学史の上では内裏歌合の典型とされる『天徳内裏歌合』の行われた年として知られている。この歌合の行われたのは三月三十日、一連の天変の直前だった。それより前、三月十七日には難波の天王寺が焼亡している。では、「天変之難」は祈禱によって「消除」されたのだろうか。いな、九月二十三日には内裏が炎上するという、とんでもない災害が起ったのである。「温明殿神霊鏡太刀節刀契印、……皆成二灰燼一。天下之災无レ過二於斯一。後代之譏不レ知レ所レ謝」（村上天皇御記）。後代、『平家物語』『直幹申文絵詞』その他説話集に語られて有名な、天徳の内裏焼亡である。このようなことがあったので、十二月には、熾盛光法の他に「北斗七星法」をも修している（村上天皇御記）。

土星を祭る「鎮（塡）星供」というものも行われた。『吾妻鏡』延応元年（一二三九）八月十日の条に、鎌倉の地で将軍藤原頼経の「天変御祈」として、北斗護摩とともに鎮星供が修せられている。この頃、頼経が寵愛していた女房が懐妊していた。また、この年二月二十二日、隠岐では生前からその祟りがささやかれた後鳥羽院が世を去っている。頼経としては天変を気にしないわけにはいかなかったのであろう。そうして誕生したのが頼嗣である。

『二中歴』に先行する類書の『簾中抄』では、「当年星」の項で、

土曜　これもあしきほし也
又よき事もあり

という（『冷泉家時雨亭叢書』第四十八巻による）。土星は人の運命に関わる力を持った重大な星と考えられていたので、祭られることもあったのであろう。

ところで、「鎮星」の項で『日本国語大辞典』は山東京伝の読本『忠臣水滸伝』の例を挙げていたが、近世ではその少し前にも用例が見出される。

どれもふ一杯酒にうつらふ星の影仲「此杯中に。ちんぜいのきらめく影は寅の一天。今月今宵三百年に余る此桜を切つてごま木となし。はんぞく太子の塚の神をまつる時は。大願成就心のまゝ。此斧を持つて立所にどれ。」（『日本歌謡集成』巻十による）

常磐津舞踊「積恋《つもるこい》雪《ゆきの》関扉《せきのと》」、通称「関の扉《と》」の下の巻、逢坂の関の関守木樵りの関兵衛実は「中納言家持が嫡孫、天下を望む大伴の黒主」が、傾城墨染実は墨染桜の精に問いつめられて名乗る前に、その本性をちらりとのぞかせる場面である。この詞章での「ちんぜい」（現在の舞台でもそう発音している）がすなわち鎮星（土星）である。土星の光が本当に杯中の酒に映るものであるかどうか、定かではないが……。

上演台本の翻刻（歌舞伎オン・ステージ25『舞踊集』、昭和六三年九月刊、白水社）によると、

ドレもう一盃。（ト大ドロ〳〵になり、日覆より七星下る）〽酒にうつろう星の影。（トよろしく管弦になり、思入れあって）関兵衛ハテ心得ぬ、この盃中に鎮星のきらめく影は寅の一天、……

となる。ト書にいう「七星」とは、七曜星とも言い、北斗七星を描いた板である。これを舞台から繰りおろす。その時の合方（効果音楽）を「星繰りの合方」という。北斗七星と土星が混同されているようだが、『二中歴』でいうように、古くは土星は極星と見なされていたので、咎めるにはあたらないだろう。

この所作事の初演は天明四年（一七八四）十一月、江戸桐座。『忠臣水滸伝』は寛政十一年（一七九九）から享和元年（一八〇一）にかけての刊行である。

北斗・北辰

身の後には金をして北斗をさゝふとも、人のためにぞわづらはるべき。 （徒然草・三八段）

死んだあと北斗七星を支えるほど金をためても、他人にとっては面倒なことの種となるだけだという。これは白居易の「勧酒」という格詩（古体の詩）の一句を引いているのである。

天地迢迢自長久　白兎赤烏相趁走

身後堆レ金拄二北斗一　不レ如生前一樽酒

兼好は語を継いで、「金は山にすて、玉は淵になぐべし」という。白居易は、それよりは生きている間に一樽の酒を飲んだ方がましだという。説くところはかなり隔たっているが、天空高くきらめく北斗七星に届くほど金を積み上げるという、白楽天の発想は奇抜だし、その面白さに目をつけて自論を補強しようとする兼好は抜目ない。その白楽天は、文学を司るという北斗星の化身であると考えられもした。源通親の『擬香山模草堂記』に「小年読二白楽天之伝一、其身為二文曲星之化一」という。「文曲星」とは北斗七星の四番目の星ということである。

北斗七星は目立つ星だから、古今の典籍に取上げられることも多い。

　北斗星前横二旅鴈一　南楼月下擣二寒衣一　（和漢朗詠集・秋・擣衣）

『江談抄』第四にいうように、唐の詩人劉元叔の詩の一句である。芭蕉はこの詩句に触発されて、次の句を得た。

　声すみて北斗にひゞく砧哉

北斗七星法や北斗護摩が修されていることからも知られるように（「鎮星（土星）」の項参照）、仏教では大事な星である。「仏教の密教においては、北極星を妙見菩薩の名で呼び、その眷属とする。形像は夜叉形で、頭髪は赤く、天冠や瓔珞を身につける。これを図示したものを北斗曼荼羅という」（『日本国語大辞典』「北斗七星」の項）。

建永元年（一二〇六）十二月、明恵上人は九条兼実に請われて七日間の星供を勤行した。後夜、道場に入ろうとすると、北方の空中から垣や壁を越えて、宝冠を戴き、白服を着た十余人の「貴客」がまのあたり道場に現れた。後日「北斗図像」を見ると、その時の姿と異なるところがなかった。明恵は「北斗七星降臨其験已新」と信じたという（高山寺明恵上人行状・漢文行状・中）。この北斗図像というのも、北斗曼荼羅のたぐいであろうか。

清水寺の近くに白河法皇勅願の北斗堂という仏堂があったという。『太平記』にこの北斗堂の実算法印の占が的中して、北朝の後光厳天皇は観応三年（一三五二）八月践祚したと語っている（巻第三十二　茨宮御位事）。能の「熊野」で、

　声も旅雁の横たはる、シテ北斗の星の曇りなき、地み法の花も開くなる、シテ経書堂《きやうかくだう》はこれ
　　かとよ。

という文句も、先に掲げた劉元叔の詩句を引きつつ、北斗堂を暗示しているという。『都名所図会』に、小野篁にゆかりある六道の珍皇寺について述べたあと、「北斗堂。いにしへ六道の東二町ばかりにあり。北辰を祭りて柱に高灯籠をかけたり。城南淀川の回船運送の目当に常夜灯をかゞやかす」と記している。

歌舞伎の台本『名歌徳《めいかのとく》三舛玉垣《みますのたまがき》』は初代桜田治助の作で、享和元年（一八〇一）十一月、江戸河原崎座で上演された顔見世狂言である。惟喬・惟仁両親王の御位争いの世界の狂言、深草の土器《かわらけ》師《し》の娘（じつは紀名虎の遺児）お力が後に小野良実の養女小町となり、四位少将宗貞と恋仲となるという、小町伝説を取り込んだ芝居である。そのお力の出の浄瑠璃「梅水仙色抗《むめにすいせんいろのうでづく》」に、

　北斗の辻や藤の森、馴染稲荷街道を、にこはことして立帰る。

という詞章がある。「にこはこ」は「にこにこ」と同じ。この「北斗の辻」を、日本古典文学大系『歌

舞伎脚本集下』では「未詳」とするが、北斗堂の辻なのではないか。というのは、お力は「是は珍皇寺の釣鐘建立」と呼ばわり、釣合いのとれない筈の提灯に釣鐘を天秤棒に引掛けて登場するからである。さらに想像すれば、「北斗の辻」は六道の辻に近い場所をさし、そこはある種の悪所だったのではないだろうか。続く藤の森も稲荷もともに社の門前町で、墨染や撞木町などの遊興の地からほど遠くないからである。(注) さらにまた、江戸時代には北斗は北州・北国と同じく、新吉原の異称でもあった。

北極星を意味する「北辰」は、「徳是北辰　椿葉之影再改」(新撰朗詠集・帝王)という時は天子を意味するが、「北辰は昼夜三分の光有り」(柳多留・四十一篇)という場合は、新吉原の遊女のこととなる(「昼夜三分」は昼から夜まで通しての、遊女の揚代)。それと同じで、北斗星も聖化されただけでは終らない。聖なる存在をも俗化させずにはおかない一種のエネルギーが、江戸時代の町人社会での言語生活の裡には潜んでいたのであろう。

(注)『京都市の地名』に「北斗辻子《ずし》」の地名が見える。

いろ

iro

「色」のさまざま

「色」ということばはじつにさまざまな意味を持たされている。

今の世中、いろにつき、人の心、花になりにけるより、あだなるうた、はかなきことのみいでくれば、いろごのみのいへにむもれ木の、人しれぬこと、なりて、（古今集・仮名序）

あさましうたかうのびらかに、さきのかたすこしたりていろづきたる事、ことのほかにうたてあり。いろはゆきはづかしくしろうてさおに、ひたひつきこよなうはれたるに、なをしもがちなるおもやうは、おほかたおどろおどろしうながきなるべし。（源氏物語・末摘花）

むげに色なき人におはしけりと、見おとしたてまつることなんありし、なさけなしとうらみたてまつる人なんある。（徒然草・二三八段）

〽色になつて下さんせ。〽エ何がどうしたと。〽サア恥かしい事ながら。私や見ぬ恋にあこがれて。雪をも厭はず遥々と。此処まで来た程に。何卒《どうぞ》色よい返事をして下さんせ。

（常磐津・積恋雪関扉）

敬太郎はすぐ出ますと答へたが、夫丈《それだけ》で電話を切るのは何となく打《ぶ》つ切ら棒過《すぎ》て愛嬌が足りない気がするので、少し色を着ける為に、須永君から何か御話でも御座いましたかと聞いて見た。（彼岸過迄・停留所・二十）

『古今集』の仮名序の「いろにつき」の「いろ」は、華美なことの意で、下の「花」と縁語のような関係にあるのだろう。この文章は「まめなるところには、花すゝきほにいだすべきことにもあらずなりにたり」と続くのだが、その「まめ」が「いろ」や「花」と対立する概念となる。

『源氏物語』末摘花の巻の例は、末摘花の容貌を描写したくだりである。「いろはゆきはづかしく」というのは顔色のこと、「いろづきたる」というのは、普賢菩薩の乗物である象のそれにたとえられる鼻の色である。

『徒然草』の例は、兼好の自讃七箇条の第七項、いたずらで仕掛けられた女性の誘惑に乗らなかったという自慢話での例である。ここで「色なき」というのは、下で「なさけなし」と言い換えているのとほぼ同義で、「色」は恋の情趣、色気といってよいであろう。

「積恋雪関扉」の例は、傾城墨染実は小町桜の精と関守の関兵衛実は大伴黒主の問答。「色になつて」という「色」は情人、ここでは情夫の意である。「色よい返事」という言い方は今でも使われる。「色よい」で一語と認められるが、この場合の「色」は、都合、利点などという意味になるだろうか。

「彼岸過迄」での「色を着ける」の「色」は、修飾、潤色というのにやや近いか。今でも、おまけをつける、心付けをすることなどに用いる言い方である。

これらの他にも、さまざまなものの色彩やさまざまな人間の感情が「色」ということばで表現される。大槻文彦の『言海』でも、色彩の意から「兆《キザシ》。状。容子」まで、九項に分けて解説している。『大言海』に至ってはこれが十三項となり、さらに「色」とは別に女色に関連する「色」を立項し、これをさらに五項に分けている。『日本国語大辞典』は、「いろ〔色〕」の項に、子項目をも含めて四ページ以上を宛てている。いわゆる基礎語の中でも、整理のし方のやっかいなことばであろう。

それでは、上代文学における「色」はどのような様相を呈しているのかと、『萬葉集総索引』によって『萬葉集』での「色」ということばの用例を調べてみたら、三十数例の「色」はおおまかにいって、ものの色彩と人の顔色や表情・様子の意に二分されることを知った。そして、人の顔色や表情・様子の意を意味する場合も、ものの色彩についての表現を序として用いることによって、その意味を表していることが多い。

ものの色彩といった例としては、たとえば次のような歌がある。ちなみに、（ ）は白文である。

雪の色（伊呂）を奪ひて咲ける梅の花今盛りなり見む人もがも　（巻五・八五〇）

我が背子がやどのなでしこ日《ひ》並べて雨は降れども色（伊呂）も変はらず　（巻二〇・四四四二）

それに対して、人の顔色・様子などをいった例としては、次のような歌があげられるであろう。

岩が根のこごしき山を越えかねて音には泣くとも色（色）に出でめやも　（巻三・三〇一）

恋しけば袖も振らむを武蔵野《むざしの》のうけらが花の色（伊呂）に出《づ》なゆめ　（巻一四・三三七六）

「恋しけば」の歌が、ものの色彩についての表現の序として、人間の顔色を意味している例である。このような表現のし方がじつに多い。そして（人間の顔色も物の色の一種と見なすと）物象の色彩から離れた、純粋に心理的なことについて「色」ということばを用いた例は、上代文学には見出せそうもない。『時代別国語大辞典上代編』が「いろ〔色〕」を、「①色。色彩」と「②顔色。感情が顔色に出るという場合に使われる。景物の色彩とかけ詞になっている場合が多い」の二項で解説しているし方が妥当であるということになる。後代の文学にくらべれば、上代文学はやはり即物的なのだ。

『桐の花』の色名

北原白秋の第一歌集『桐の花』は、大正二年（一九一三）一月東雲堂書店から刊行された。歌集とはいうものの、四四九首の短歌とともに六篇の散文を収めている。「桐の花とカステラ」「昼の思」「植物園小品」「感覚の小函」「白猫」「ふさぎの虫」と題されるこれらの散文は、短歌論であったり、心象風景を写した散文詩ふうのものであったりする。白秋の文学に感覚的、官能的傾向が顕著であることは誰しもが認めるところであろうが、これらの文章を読むと、視覚や聴覚、嗅覚や触覚などに関する表現を多用することによって、そのような傾向が助長されているのだということがよくわかる。「世に天才の名を恣にする人達の間にも真にわが霊の匂を知り、言葉のかげひなた、ものの媚、色あひ、幽かな色触香響の末の末まで嗅ぎわけて常に怪しい悲念にかき暮れ得る高貴な心の所有者《もちぬし》は極めて少い」（昼の思）と断言する白秋は、ひそかに自らこそはそのような「高貴な心の所有者」と任じているのであろう。

それらの感覚的表現のうち、色に関する表現例のいくつかを挙げてみる。

「桐の花とカステラ」

この文章は、「短歌は一箇の小さい緑の古宝玉である」と言い、その「小さな緑玉《エメロウド》の古色」への愛着を述べた短歌論ともいうべきものだが、そこでは「桐の花の淡紫色」とカステラの「暖味のある新しい黄色さ」との調和の好ましさ、「小鳥をそのかして鳴かしめるまでにいたる周囲のなんとなき空気の捉へがたい色やにほひ」のなつかしさが綴られ、「(小さい藍色の毛虫が黄色な花粉にまみれて冷めたい亜鉛のベンチに匐つてゐる……)」という小風景のもたらす気分へのこだわりが述べられている。

「昼の思」

ヨーロッパの近代画家や在原業平の名を挙げ、自身の詩を引いて自らの志向する芸術的生活について論じた文章といったらよいであろうか。その近代画家についての言説では、「ゴウガンの粗《あら》い生そのものの調色」や「あのルノワアルなどのふくよかな色の温味」という表現が見出される。白秋はゴッホ、ゴーガン、マチス、ピカソよりもルノワールに惹かれている。さもありなんという気がする。そうかと思うと、「珈琲の煙はとりもなほさず心の言葉である。匂である。色であり音楽である」と言い、「紫いろの息づかひ」とも言い換えている。

変った色名としては、「人霊色」というのが登場する。すなわち、蛍の光について、「その尻を抓むと力のない人霊色の燐光が怪しい湿潤《しめり》を放つ」という。辞書には載っていそうもない色名である。「段々畑の銀緑色」という「銀緑色」もあまり使われない色名かもしれない。『日本国語大辞典』では、「銀色を帯びた緑色」と解説し、芹沢光治良の『ブルジョア』（一九三〇年）で落葉松の若葉の色として使われた用例を挙げている。しかし、当然この白秋の例の方が遥かに早い。

「植物園小品」

白秋が好きだったらしい小石川植物園のスケッチ風のエッセイである。この文章では、「乳黄色」「乳金色」「暗青色」「白粉色」などの、あまり耳馴れない色名が用いられている。「乳黄色」は「枯れたる小草の淡き乳黄色」、「乳金色」は「八つ手のやはらかなる乳金色」、「暗青色」は「ハヒビヤクシンの傾斜面の暗青色の静止」、「白粉色」は「小さき白粉色の蜘蛛のおこなひよ」という形で……。これらのうち、暗青色というのはあるいは珍しくないかもしれない。他の色名も聞き馴れないといっても、感じはわかる。

この文で何度も用いられている色名に、「老緑色」がある。「園標」（園内の標識）やベンチの色として用いられている。これもさほど聞き馴れた色名とは思わなかったが、『日本国語大辞典』は「老緑《ろうりょく》」という項を立てている。「年経て色濃く沈んだ緑。くすんだ緑色」と解説し、用例は森鷗外の「かのやうに」でのやつでの広葉の形容である。「かのやうに」は明治四十五年（一九一二）一月の発表、「植物園小品」の初出は明治四十三年五月であるという。「老緑（色）」の例としては、白秋の方が早いかもしれない。

「感覚の小函」

「敬虔な私のいまの心持」が述べられるこの一編では、感覚に訴えかけるような色彩表現は「空色のロベリヤ」、「幽かな銀色の虫の音」、ウヰスキーの「黄色の漣」という程度で、さほど見当らない。

「白猫」

自らを責める心が怪奇な幻覚の描出とともに綴られている文章である。この一文は松下俊子との恋愛の結果、姦通罪を犯したとして俊子の夫に訴えられ、市ヶ谷の監獄に入れられるという苦しい体験ののちに書かれた。「センチメンタルな緑色の星の影」という表現がやや変っていると思われるが、この一編にもさして特徴的な色彩表現は見られない。

「ふさぎの虫」

これも出獄後の文章。獄中での生活が自虐的な筆致で回想されている。ここにもユニークな色彩表現は見出しがたい。

このように、『桐の花』の六編の散文を色についての表現という観点から見てゆくと、新しい芸術を創造しようと精神的に高揚していた当初の色彩表現は多様多彩、華やかで豊かであったが、大きな蹉跌を経てそれらは減少し、特異性を失っていったと言ってよいのではないだろうか。

けしき（気色）

鎌倉将軍宗尊親王は文応元年（一二六〇）頃、三百首の和歌を詠み、これに八人の歌人の点を請うた。八人の中には藤原為家がおり、彼の場合は合点のみならず、ところどころ評語を加えている。『文応三百首』とか『東関竹園三百首』などと呼ばれるものがそれで、新日本古典文学大系の『中世和歌集 鎌倉篇』に収められている。

その中に、

雲までもあはれにたえぬ気色哉秋のゆふべのむら雨の空（一二六）

という歌があるが、為家はこの作に対して、「気色といふ詞、強《あながちニ》不《ル》レ可《カラ》二好《ミ》詠《ム》一之由、亡父申《シ》候《ヒ》き」という評語を加えている。「亡父」とはもとより定家のことをさす。また、

しぐるべきけしきを見する山風に先《まづ》さきだちてふる木のは哉（一七五）

という歌も、六人の点者が合点して、後に『続古今和歌集』にも採られたものであるが、為家

は、「けしき、以前に申上候」という評語を付して、点は加えていない。

為家の歌論書の『詠歌一体』の伝本の中には「先達加《フル》レ難《ヲ》詞」という部分、または「不《ル》レ可《カラ》二好《ミ》詠《ム》一詞、但用《シ》二捨《ス》之《ヲ》一」という部分を付すものがあるが、それらで六十近く挙げられることば、または歌句の中にも「けしき」はあり、「聊《いささか》有《ル》二許《ス》方《ヲ》一詞に合《ハセ》二小点《ヲ》一畢《ンヌ》」という注記を付されている。これによれば、「けしき」ということばは、好んで詠んではいけないが、場合によっては許容されたのであろう。このたぐいのことばを細川幽斎談・烏丸光広記の『耳底記』では「こてんの詞」と呼んでいる。

「けしき」はどうして好んで歌に詠んではいけないと言われるのであろうか。

為家の息源承の記した歌論書の『和歌口伝』（『愚管抄』とも）には、「九　漢語を和歌にうつしよめる可《キ》レ有《ル》二用意一事」という条があり、その中で俊成卿女が故実を教えたと言い、

「けしきと申す詞、なほこのみ詠むべからず」と申侍りき。先人（為家をさす）にたづね侍りしかば、同様に申侍りしかども、今の世にははゞかる人も侍らざるにや。しかれば、漢語をば不《ル》レ可《カラ》二好《ミ》詠《ム》一事歟。

と述べている。

これによれば、「けしき（気色）」はもともと漢語だから、やまとことばで歌われるべき和歌

では好み詠んではいけないという教えであったのだろうという見当が付けられる。

けれども、この規制はどこまで力を持っていたのだろうか。そのようなことを教えた当の為家の作にも、「九月尽」を題とする、

くもるとてしぐるゝほどもとゞまらずけしき空成《なる》秋の別路　（為家集・上・秋・七六二）

という作がある。馬内侍の、

かきくもれしぐるとならばかみな月けしきそらなる人やとまると　（後拾遺集・雑二・九三八）

という古歌の本歌取りで、本歌では訪れた人がとどまるように空が曇ってしぐれが降ってほしいというのに対して、曇ってしぐれの降りそうな空模様でも秋はとどまらず帰ってしまうと歌ったのである。どうしてここでの「けしき」は許容されて、宗尊親王の「けしき」は咎められるのだろうか。為家のこの歌は安貞元年（一二二七）、三十歳の時の詠である。若い時はついうっかり詠んでしまったというのだろうか。

そして、為家に「気色といふ詞、強《あながちニ》不《ル》レ可《カラ》二好詠《ミム》一」と教えた定家もまた、その歌集『拾遺愚草』を見れば、多くの「けしき」を含む歌を残していることが確かめられる。

あさなぎにゆきかふ舟のけしきまではるをうかぶる浪のうへ哉　（一〇九）

ゆふまぐれ秋のけしきになるまゝにそでよりつゆはをきけるものを　（一三一）

いとはじよ月にたなびくうきぐもゝ秋のけしきはそらに見えけり　（一一三八）

おほかたの秋のけしきはくれはてゝたゞ山のはのありあけの月　（一一四四）

しるからむこれぞゝれとはいはずとも花のみやこのはるのけしきは　（二〇〇八）

今よりのけしきにはるはこめてけりかすみもはてぬあけぼのゝそら　（三〇〇二）

みよしのも花見しはるのけしきかはしぐるゝ秋のゆふぐれのそら　（三五三三）

しかのねはつたふるをちのあはれにてやどのけしきはわれのみや見む　（四四五五）

あめのしたけしきもしるくとるなへは水を心にまづぞまかする　（一八九〇）

たおりもてゆきかふ人のけしきまで花のにほひはみやこなりけり　（六一一五）

久方のくもゐはるかにいづる日のけしきもしるきはるはきにけり　（七〇一一）

風たちてさはべにかけるはやぶさのはやくも秋のけしきなるかな　（七五三三）

あまつそらけしきもしるし秋の月のどかなるべきくものうへとは　（九九七）

以上は冷泉家時雨亭叢書『拾遺愚草 上中』によって、詠出年次順に掲げた。これらの他、『拾遺愚草員外』に、少なくとも七例ほど見出される。

注目されることは、これらの作例が二十五歳から三十九歳までのもの、すなわち定家の比較的早い頃のもので、晩年の作には「けしき」ということばは見当らないことである。やはり定家自身の裡で「けしき」ということばに対する考え方が変ってきているのだろうか。

＊

息為家に「気色《けしき》といふ詞、あながちに好み詠むべからず」と教えたという藤原定家自身、若い頃はこのことばをしばしば歌に詠み入れていることを確かめてみた。

それでは、和歌では「けしき」ということばはいつごろから用いられ始めたのだろうか。総索引の類によって見当をつけると、『萬葉集』では用いられていないことが知られる。平安時代に入っても、『古今和歌集』『後撰和歌集』『拾遺和歌集』の、いわゆる三代集には、「けしき」ということばを含む歌は存在しない。ところが、『後拾遺和歌集』に至って、十三首もの作例が見出される。そして、『金葉和歌集』十六例、『詞花和歌集』四例、『千載和歌集』二十三例、『新古今和歌集』十三例と、以後の和歌集には多くの作例が含まれていることが知られる。

以上のことから、「けしき」が和歌に盛んに用いられるようになったのは平安時代の中頃からであろうかという見当がつけられる。これらの作例の詠まれた年次を見ても、永観三年（九八五）の船岡山の子日御幸における円融院の、

ひきかへて野辺のけしきは見えしかどむかしをこふる松はなかりき　（新古今集・雑上・一四三九）

という作あたりが早い方である。

もっとも、歌仙家集本系『小町集』には、

ながめつゝ過る月日もしらぬまに秋のけしきに成にける哉　（一〇四）

別つゝみるべき人もしらぬまに秋のけしきに成にけるかな　（一一三）

という、もともと同じ歌の異伝によって生じたと思われる二首の作例が見出され、これによれば、早くも小野小町が「けしき」ということばを和歌で用いたことになりそうである。けれども、『小町集』が小町以外の人々の歌、小町以後の時代の歌を多く含んでいることは、和歌史の上では常識となっている。この二首もおそらく小町の関知しないものであろう。

では、和歌の作例から離れて、「けしき」ということばはいつごろから文献に登場するのかを、辞書類の掲げる用例から見てゆくと、『日本国語大辞典』や『岩波古語辞典』で挙げている最も早い例は、『続日本紀』巻第八、元正天皇の養老五年（七二一）二月甲午（十七日）の条に引かれている天皇の詔のうち、

今亦去年災異之余、延及㆓今歳㆒、亦猶風雲気色、有㆑違㆓于常㆒。

という部分での例である。新日本古典文学大系『続日本紀 二』では、右の部分を次のように訓読している。

今亦《ま》た、去年《こぞ》の災異の余《なごり》、延びて今歳《ことし》に及び、亦た猶、風雲《ふううん》の気色《けしき》、常より違《たが》ふこと有り。

けれども、『日本国語大辞典』の「けしき〔気色〕」の「補注」では、「中古以前の漢文体の資料はどう読んでいたか明らかではないが「続日本紀」の例は参考のため、「きしょく」の項と重複してあげた」という。実際、「きしょく〔気色〕」の例にも同じ部分は挙げられている。この辞典より前に刊行された『岩波古語辞典』でも同様の扱いをしている。これらによれば、『続日本紀』でのこの「気色」は、「けしき」と呉音で読まれたのか、「きしょく」と漢音で読まれたのか、その判断は留保せざるをえない。

すると、仮名で書かれている『土佐日記』での、

かぢとり、けしきあしからず。（承平五年（九三五）一月十四日）

うたぬし、いとけしきあしくてゐず。（同十八日）

かぢとり、「けふ、かぜくものけしきはなはだあし」といひて、ふねいださずなりぬ。（同年二月四日）

などの例、物語の祖といわれる『竹取物語』での、

御子（くらもちの皇子）はわれにもあらぬけしきにて、きもきえゐ給へり。
（かぐや姫）七月十五日の月にいでゐて、せちに物おもへるけしきなり。
かぐや姫のある所にいたりて見れば、なを物思へるけしきなり。
翁、「月な見給そ。これを見給へば、物おぼすけしきはあるぞ」といへば、
夕やみには、物おもはぬけしき也。

などの例が「けしき」の早い用例ということになるだろうか。これらのうち、「かぜくものけしき」という例は『続日本紀』での「風雲気色」と同じく、自然の状態についていったものだが、これ以外はいずれも人間の様子について用いられている。

そして、『源氏物語』に至ると、数えきれないほど頻繁に用いられることばとなっている。『枕草子』でもめずらしいことばではない。では、それらの例ではこのことばはどのように用いられているのだろうか。

＊

『源氏物語』の「けしき」は、大島本によって室城秀之氏が数えられたデータによれば、

六九六例を数えるという。『枕草子』は、三巻本系の写本を底本とする新日本古典文学大系本によってざっと通覧したところでは、二七例だったが、見落としがあるかもしれない。

これらの例を見ると、人間の様子について用いられている例が圧倒的に多いことが知られる。例えば、

まみなどもいとたゆげにて、いとゞなよ〳〵と我かのけしきにてふしたれば、（源氏物語・桐壺、病んで内裏を退出する際の桐壺更衣の様子）

うたれじとよういして、つねにうしろを心づかひしたるけしきもいとおかしきに、（枕草子・二段、比は正月、正月十五日の件り）

などである。それに対して、

すくよかならぬ山のけしき、こぶかくよはなれてたゝみなし、（源氏物語・帚木、雨夜の品定めでの絵画論）

春は、空のけしきのどかに、うら〳〵とあるに、（枕草子・一三五段、猶めでたきこと）

など、自然の状態について用いられている例はさほど多くはない。

「御けしき」と、「御」を冠した場合はもとより人間に関する例だが、『源氏物語』にはこれも多い。一方、『枕草子』では、

御けしきにはあらで、さぶらふ人たちなどの、「左のおほとのがたの人、しるすぢにてあり」とて、さしつどひ物などいふも、（一三六段、殿などのをはしまさでのち、中宮定子について用いる）

という例しか見当らなかった。

「けしきばかり」という句になると、ほんの少し、ごく僅かの意となる。

日暮かゝるほどに、けしきばかりうちしぐれて、（源氏物語・紅葉賀）

所のしうの、あをいろにしらがさねを、けしきばかりひきかけたるは、うのはなのかきねちかうおぼえて、（枕草子・二〇五段、見物は）

などがその例である。「けしき」だけでも、僅かの意と解される場合もある。たとえば、

かゝることは、ありふれば、をのづからけしきにても、もりいづるやうもやとおもひしだに、いとつゝましく、（源氏物語・若菜下、女三宮と密通したのちの柏木の心）

での「けしき」は、『日本国語大辞典』の「けしき〔気色〕」では、㊀の「④すこしであるさま。わずかであるさま。いささか」の例として掲げる。新日本古典文学大系では「をのづからけしきにても」を「しぜんけはいによってでも」と注している。新編日本古典文学全集の訳も、「たまたま気配からも」である。

やや特別な用法としては、怪しい様子、不気味な様子の意にいう「けしき」がある。

ましで松のひゞきこぶかくきこえて、けしきあるとりのからごゑになきたるも、ふくろうはこれにやとおぼゆ。（源氏物語・夕顔、夕顔の急死した夜の廃院の描写）

がその例。新日本古典文学大系では「意味ありげだ。怪しい」と注している。『枕草子』には見当らなかったが、

こよひこそいとむつかしげなる夜なめれ。かく人がちなるにだに、けしきおぼゆ。（大鏡・巻五、道長、肝試しの話）

「これはぬす人の家也。あるじの女、けしきある事をしてなむありける」などいふ。（更級日記、初瀬詣で）

など、『源氏物語』以後の例も存する。

これに対して、

式部が所にぞけしきある事はあらむ。（源氏物語・帚木、雨夜の品定め）

での「けしき」は、趣、情趣などの意と解してよいであろう。中世に入って、『徒然草』で、

このごろの歌は、ひとふしおかしくいひかなへたりとみゆるはあれど、ふるき歌どものやうに、いかにぞや、ことばのほかにあはれにけしきおぼゆるはなし。（一四段、和歌こそ猶

おかしき物なれ）

という「けしき」も同様である。

ざっと見てきても、平安時代の「けしき（気色）」はこのように多種多様な使われ方をしている。そしてさらに、「けしきだつ」「けしきづく」「けしきどる」「けしきばむ」などの動詞を派生している。そしてそれらの動詞の用法もさまざまである。たとえば、現代語の「けしきばむ」は、色をなす、憤然とする、怒気をあらわにする、といった意味で用いられることが多いが、王朝文学では、様子ありげなふりをする、気取る、などの例が少なくない。たとえば、

権中納言その給つれば、そこにまいりけしきばみ申す。（枕草子・三三段、小白河といふ所は）

のように。新日本古典文学大系ではとくに注しないが、旧大系では「勿体ぶって言上する」と注している。

これらの「けしき」グループのことばの語義・用法をきちんと分け、的確に説明することは決して簡単なことではない。さらにこの「けしき（気色）」と「けしき（景色）」との間にも明確な線は引きにくいように思われる。

景色――「草枕」を例に

これまで、「けしき（気色）」と「けしき（景色）」との間に明確な線を引きにくいようだと言ったが、それは主として古語の用例を考えてのことである。現代の日本語で「けしき」というと、ほとんどの人は反射的に「景色」――風景の意と解して、様子、有様、意向、機嫌などの意味にとる人は少ないのではないかと思う。

しかしながら、夏目漱石は、「けしき」の語を様子、有様の意で「景色」と表記して用いることが少なくない。明治三十九年（一九〇六）に発表された「草枕」には、そのような用例の「景色」が相当見出される。

それだから軽侮の裏に、何となく人に縋《すが》りたい景色が見える。（三）

時計は十二時近くなつたが飯《めし》を食はせる景色は更にない。（四）

臆した景色も、隠す景色も――耻《は》づる景色は無論ない。（四）

最初の例と第三番目の例とは、この作品の女主人公那美さんについての叙述である。「余」と名乗る西洋画家――自身では「画工《ゑかき》」と称する人物が語る形式の小説だから、もとより風景の意の「景色」も見出される。両様の「景色」が近接して用いられているところもある。

女はすぐ、椽鼻《えんばな》へ腰をかけて、云ふ。
「いゝ景色だ。御覧なさい」
「成程、いゝですな」
障子のうちは、静かに人の気合《けはひ》もせぬ。女は音なふ景色もない。（十三）

風景の意の「景色」は、この他、

岨《そば》の景色を半分庭へ囲ひ込んだ一構であるから、（四）
今わが親方は限りなき春の景色を背景として、一種の滑稽を演じてゐる。（五）

などとも用いられる。漱石個人の癖か、あるいはこの時代に一般のことであったのか、調べてみないとわからないが、「気色」「景色」と書き分けたらよさそうなのに、「景色」だけですませている。

その他、風景の意の「景色」を「けいしょく」と読ませている場合もある。

ある点迄此流派に指を染め得たるものを挙ぐれば、文与可《ぶんよか》の竹である。雲谷《うんこく》門下の山水で

ある。下つて大雅堂の景色《けいしよく》である。蕪村の人物である。（六）
彼は英人でありながら、かつて英国の景色《けいしよく》をかいた事がない。（十二）
いくら仏蘭西の絵がうまいと云つて、其色を其儘に写して、此が日本の景色《けいしよく》だとは云はれない。（十二）
いずれも絵画を例に芸術論を展開しているくだりなので、風景そのものというよりは、風景画といったニュアンスで用いているのであろう。
「草枕」の翌年の作品である「野分」でも、中野輝一に、
早いものでもう景色《けいしよく》専門家や人物専門家が出来てるんですからね。（七）
と言わせている。
『日本国語大辞典』では、風景の意の「けいしょく（景色）」の例として、『東海道中膝栗毛』と『西洋道中膝栗毛』などを挙げている。前者はその六編上で、弥次郎、北八の二人が三十石船に乗って伏見から大坂へ下る描写に、
漸く雨やみ、雲きれて、月の影、八わた山にさし出たるに、船中おの〳〵いさみたち、弥次郎北八もとまひきあげ、顔さし出して、此けいしよくをながめいたるが
とある。このあと小用をしたくなった二人は船頭に言って、船から堤に上って用を足そうとす

る。

弥次「ナントい丶景色《けしき》だな。どこらでやらかそふ

北八「ヲツトそこには水溜りがある。もつとそちらへ。ア、なるほどい丶月だ

一刻を千金ヅ、の相場なら三十石《こく》のよど川の月

かくちずさみて、おもはず勝景《しやうけい》にみとれゐたるが、

地の文では「けいしよく」の語を用いているが、弥次郎は「い丶景色《けしき》だな」という。「けいしよく」はそのあとの「勝景」とともに、十返舎一九においてはやはりいささか気取ったというか、改まったという意識の下に用いられているのであろう。

仮名垣魯文の『西洋道中膝栗毛』四編下でも、地の文で「この景色《けいしよく》」と書きながら、その直後の狂歌では、

麻羅津迦《まらつか》の瀬戸に入江の嶋々《しまぐ》は実《じつ》にマレヤの景色《けしき》とぞ見る

と使い分けている。

「草枕」に戻る。この小説はまことにかつての日本ののどかな春の自然を美しく描いた作品である。先に引いた「春の景色」という表現の他に、「春光」「春色」という漢語も見出される。

満腹の饒舌《ねうぜつ》を弄して、あく迄此調子を破らうとする親方は、早く一微塵となつて、怡々《いゝ》た

る春光の裏《うち》に浮遊して居る。（五）

かうやつて、名も知らぬ山里へ来て、暮れんとする春色のなかに五尺の痩躯を埋めつくして、始めて、真の芸術家たるべき態度に吾身を置き得るのである。（十二）

文学作品では「春光」「春色」に対して、「秋光」「秋色」ということばも用いられる。しかし、「春の景色」を縮めて「春景色」というのに、「秋景色」というのは余り聞かない。と思ったら、この例も明治文学にあった。それは二葉亭四迷の「浮雲」である。すなわち、その第二編第七回団子坂の観菊《きくみ》上に、「満眸《まんぼう》の秋色粛条として却々《なかなか》と春のきほひに似るべくも無いが、シカシさびた眺望《ながめ》で、また一種の趣味が有る」という、「上野公園の秋景色」の克明な描写がある。それを見ているのはお政・お勢の母子と軽薄才子の本田昇である。「浮雲」第二編は明治二十一年（一八八八）に刊行された。

「かさね」の露

夏芝居にはしばしば怪談劇が興行された。今でも『東海道四谷怪談』は夏に上演されることが多い。もっとも、この芝居の初演は文政八年（一八二五）初秋の七月であったが……。

『四谷怪談』と同じ四世鶴屋南北作の怪談劇に『法懸松成田利剣《けさかけまつなりたのりけん》』がある。文政六年六月江戸森田座初演。近年、この芝居が通しで上演されたとは聞かないが、その第二番目序幕、木下《きね》川《がわ》堤の場は、清元を地とする所作事「色彩間苅豆《いろもようちよっとかりまめ》」、通称「かさね」として、時折演じられる。この清元の詞章は大南北の筆になるものではなく、二代目松井幸三が書いたらしい。作曲は清元斎兵衛。名曲である。

その置浄瑠璃（浄瑠璃の前置きの部分）は次のようなものである。

〽思ひをも心も人に染めばこそ、恋とゆふがほ夏草の、きゆる間《ま》ぢかき末の露、元の雫や世の中の、おくれ先立つ二道《ふたみち》を、

「恋とゆふがほ」は、「恋とゆふ（いふ）」から「夕顔」へと続けた。夕顔は夏の草だから、「ゆふがほ夏草の」という続きもいい。「きゆる間ぢかき……二道を」には、僧正遍昭の有名な無常の歌、

　末の露もとのしづくや世の中のおくれ先立つためしなるらん　（新古今集・哀傷・七五七）

が巧みに引かれている。ここでは恋人の与右衛門に殺されるかさねの運命をそれとなく予告する効果があるのだろう。

　ここで与右衛門とかさねの出となる。

〽おなじ思ひに跡先の〽別ちしどけも夏紅葉、梢の雨やさめやらぬ〽夢のうきよと行きなやむ、男に丁度あを日傘、ほねになるとも何のその、あとをあふせの女気に、こはい道さへやう〳〵と、たがひに忍ぶ野辺の草、葉末の露か蛍火も〽もし追手かと身繕《みづくろ》ひ、心せきやもあとになし、木下川《きねがは》堤につきにけり。

「しどけも夏紅葉」は「しどけも無（い）」から「夏紅葉」へ、「男に丁度あを日傘」は「丁度逢ふ」から「青日傘」へと続け、「傘」の縁で「ほねになるとも」という。「あとをあふせの」も「跡を追ふ」から「逢ふ瀬」へと続けたのだろう。「心せきや」は「心急き」と地名「関屋」の掛詞である。関屋は現在東京都足立区に千住関屋町の地名が残る。京成電鉄の駅に京成関屋とい

うのもある。ついでにいえば、木下川堤はかさねのことが語られる『死霊解脱物語聞書』での絹川、現在の鬼怒川に相当するのだろうが、関屋から鬼怒川は余りにも隔たっている。思うに、この浄瑠璃での木下川は、『江戸名所図会』にいう木下川《きげ》薬師のある地の川ではないだろうか。

木下《きげ》川薬師堂　木下《きげ》川村にあり。（土人キネ川と唱ふ。或は杵川とし、又亀毛《きげ》川に作る。……）（『江戸名所図会』七の巻）

この薬師堂は青竜山浄光寺薬王院といい、現在は葛飾区東四ツ木一丁目にある。木根川薬師として載せる地図もある。近くに木根川小学校があり、すぐそばを流れる荒川（荒川放水路）には木根川橋が架かっている。もとはやや南にあったのが、放水路の工事で現在の所に移ったのであるという。嘉暦二年（一三二七）二十一代目の住職の署名のある『木下川薬師仏像縁起』が『群書類従』に収められている天台宗の古刹、本尊の薬師如来像は伝教大師作と伝える。となると、かさねはこの薬師堂からほど遠からぬ野川の堤で惨殺されるのだ。

少し前に戻って、「たがひに忍ぶ野辺の草」というのは、二人とも追われる身の上なので、野辺の草に身を隠すことをいうのだろう。その「草」の縁で、「葉末の露」へと続け、露の光の連想で「葉末の露か蛍火も」と続けて、夏の夜の情感を出す。

このあと、かさねのくどきがあって、初めはかさねを諭して帰そうとした与右衛門も、ついに二人で心中する気になる。

〽深き心をしらたまの、露の命をわれゆゑに、思へば便なきこゝろやと、手を取り交しなげきしが、……

「深き心をしらたまの」は、「深き心を知ら（ず）」から「白玉の」と続け、「深き心」とは与右衛門の心をさすのであろう。もっとも、劇の展開を考えると、与右衛門の殺意はこのあと、錆びついた草刈鎌の突き刺さった髑髏——かさねの父で、与右衛門が昔殺した助の髑髏が流れ着き、美しかったかさねの顔が忽ち醜く変ってから生ずるのだが……。「しらたまの露の命」という続け方の背後には、

　白玉かなにぞと人のとひし時露とこたへて消《け》なましものを

の古歌が連想されているのではないだろうか。『伊勢物語』六段、芥川の段の歌、『新古今和歌集』では初めに引いた遍昭の「末の露」の歌とともに哀傷歌の巻に載り、在原業平の歌とされるもの。それならば、与右衛門は業平に、かさねは藤原高子、のちの二条后に相当するのである。『伊勢物語』の女は「あばらなる蔵」の中で「鬼はや一口に食ひてけり」と語られる。しかし、かさねは恋した男に錆鎌で殺される。ともに無残だが、かさねの死はことのほかむごい。そして、『伊勢物語』のこの章段も「かさね」の舞台面も、夜露でしとどに濡れている。

朝顔の露

恋故心つくし琴。誰かは憂きを斗為巾《とゐきん》の。糸より細き指先に。差す。爪さへも八つ橋のやつれ。果てたる。身を喞《かこ》ち。涙にくもる爪調《つましら》べ。二上り唄露のひぬ間の。朝顔を合。照らす日影のつれなさに合。あはれ。一むら雨《さめ》の。はら〳〵と。降れかし。

浄瑠璃『生写《しょううつし》朝顔話』四の切、島田宿屋の段で、恋人の宮城阿曽次郎恋しさに「目を泣きつぶし」た、朝顔こと秋月家の娘深雪が、探し求める当の恋人が目の前で聞いているとも知らず、かつて彼に与えられた「朝顔の唱歌」を唄う場面である。「斗為巾」は箏の琴の弦の呼び名で、斗が第十一弦、為が第十二弦、巾が第十三弦のこと。このあたりは琴の縁語で詞章が綴られている。歌舞伎で演ずる場合、朝顔の役者には一通り琴をかなでられることが要求されるのであろう。

この唱歌は、露はかわきやすいもの、朝顔はしぼみやすいものとしたうえで、その朝顔を惜しんでいるのだが、朝顔と露を組み合わせて、ともにはかないものの典型と見た有名な文章は、やはり鴨長明の『方丈記』冒頭の一節であろう。

又不レ知ラ。カリノヤドリ、タガ為ニカ心ヲナヤマシ、ナニ、ヨリテカ目ヲヨロコバシムル。ソノアルジトスミカト、無常ヲアラソフサマ、イハヾアサガホノ露ニコトナラズ。或ハ、露ヲチテ花ノコレリ。ノコルトイヘドモアサ日ニカレヌ。或ハ花シボミテ露ナヲキエズ。キエズトイヘドモ夕ヲマツ事ナシ。（大福光寺本）

この文章での「アサガホノ露」という句の典拠として、簗瀬一雄『方丈記全注釈』（昭和四六年八月刊、角川書店）では、近世における注釈書が挙げた九首の歌、五つの文例を示した上で、それらのうち、肥後の歌と『往生要集』『法花文句』「歎逝賦」を残し、さらに『和漢朗詠集』の秋・菊にある、慶滋保胤の句を加えて、それらが長明の脳裏にあったかと推定する。

近年の注では、佐竹昭広校注 新日本古典文学大系『方丈記』（一九八九年一月刊）では源順・寂然の二人の歌を引き、市古貞次校注 岩波文庫『新訂方丈記』（一九八九年五月刊）では清水観音の示現の歌を引く。

肥後の歌は『堀河百首』秋二十首のうちの「槿」の歌で、

いつまでかおきてみるべき日影まつ露にあらそふ朝がほの花　（七六六）

源順の歌は『源順集』に、応和元年（九六一）秋、二児を次々と失った悲しみのあまり、沙弥満誓の歌の上二句を取って頭に置いて詠んだ十首中の一首で、

よのなかをなに丶たとへん夕露もまたできえぬるあさがほの花（一一〇）

寂然の歌は『唯心房集』に見えるもので、

無常の心をよめるうた

あさがほのはなにやどれる露の身ははかなきうへになをぞはかなき（一四七）

清水観音の歌は『新古今和歌集』に見えるもので、

なにかおもふなにをかなげく世中はたゞあさがほの花のうへの露（釈教・一九一七）

確かに、いずれも長明が知っていて当然と思われるような歌である。

朝顔と露に無常感を託した歌はこれらの他にも多い。長明に近い時代の人から遡る形で主なものを挙げてみると、次のようなことになるだろうか。

後京極良経『秋篠月清集』

をはりおもふすまゐかなしきやまかげにたまゆらか丶るあさがほのつゆ（一五一八）

慈円『拾玉集』

はかなきにかさねて物のはかなきや風のまへなる槿のつゆ（六二三三）

西行『山家集』

はかなくてすぎにしかたをおもふにもいまもさこそはあさがほの露　（七七七）

源俊頼『散木奇歌集』

ほどもなきあさがほにをく露の身のなにうきことを思ひしるらん　（一二四七）

相模『相模集』

はかなさをまづめのまへにしらするはまがきのうへのあさがほのつゆ　（四六二）

大中臣輔親『輔親集』

人の世はなにかはためしあさがほの露けきほどのいのちとおもへば　（三〇）

和泉式部『和泉式部続集』

はかなきは我身也けりあさがほのあしたの露もをきてみてまし　（三九四）

紫式部『紫式部集』

きえぬまの身をもしる〳〵あさがほのつゆとあらそふ世をなげくかな　（五二）

曽祢好忠『好忠集』

おきてみんとおもひしほどにかれにけりつゆよりけなるあさがほのはな　（一九一）

この好忠の歌は『新古今集』にも採られている。これらの歌も長明は読んでいそうである。

すると「アサガホノ露」の典拠を絞り込むこともかなりやっかいな問題かもしれない。

朝顔の歌はこのように心細いものばかりだと思っていたら、『堀河百首』で藤原基俊がこんな歌を詠んでいた。

玉ひこの露もさながら折てみんけさうれしげにさける槿　（七六三）

おそらく基俊は、朝顔と露といえば無常という常識を破ろうとして、あえてこう歌ってみせたのだろう。源俊頼と並べられると保守派と見られがちな基俊も、たまには人を驚かせてやろうという茶目気を起すことがあったのかもしれない。

葉のぼる露

「葉のぼる露」という歌句がある。『日本国語大辞典』で立項し、次のように解説している。

はのぼる－つゆ〔葉上露〕【連語】草木の上に宿っている露。

そして、用例としては源俊頼の『散木奇歌集』と順徳天皇の建保三年（一二一五）『内裏名所百首』の僧正行意の歌の二例を掲げる。俊頼の歌は、

たのいゑに月をまつ

はやくいで丶かどたにやどれあきの月はのぼるつゆのかずやみゆると（秋部・八月・四八二、冷泉家時雨亭文庫本）

行意の歌は秋二十首のうち「宮城野」の歌で、

宮城の丶もとあらの小萩下はれて葉のぼる露に月やどるみゆ（三九八）

というもの。

これ以前、すでに『大辞典』がこの歌句を立項して、「ハノボルツユ　葉上る露　葉の上におく露」と解説し、同じく俊頼の歌を用例として掲げる。ただし、その出典は『夫木和歌抄』としている。俊頼の歌を家集からの再録である『夫木抄』に拠らず、直接家集に拠ったこと、さらに行意の歌（これも『夫木抄』に俊頼の歌と並んで載っている）を加えたことは、『日本国語大辞典』が『大辞典』より進歩している点といえる。ただ、二つの辞典の解説は「葉の上におく露」「草木の上に宿っている露」と、さほど変らない。

ところで、この歌句は早く順徳院の『八雲御抄』でも取り上げられているのである。すなわち、同書第三枝葉部のうちの天象部で「露」の項を見ると、

露　朝　ゆふ　しら　うは　した　はのぼる 地よりあがるなり（下略）

とあるのである。「露」ということばは、「朝露」「夕露」「白露」「上露」「下露」「葉のぼる露」……といった歌語・歌句を作るというのである。ここに引いたのは板本により、清濁だけ私に区別した。『日本歌学大系』別巻三所収本では「したばのぼる」と翻刻しているが、これは「した」と「はのぼる」の間の空きを無視したための誤りである。

順徳院は「葉のぼる露」というのは、露の玉がさながら生きもののように地面からじりじりと枝を伝って、葉までのぼってゆく状態をいう表現と理解していたのである。そしてそれは、

実際にこの歌句を用いた俊頼や行意（順徳院主催の百首の作者であることから知られるように、全くの同時代人である）にも共通するものであったのである。現代のわれわれにはそういう突飛な想像は思いも及ばない。露は「大気中の水蒸気が冷えた物体に触れて凝結付着した水滴」（『日本国語大辞典』）であって、それは落ちこそすれ、上ってゆくことはない。しかし、歌人はまるで生きもののように這いのぼってゆくこともありうると想像した。そこに詩的想像力のおもしろさがある。両辞典の解説は残念ながら、そのようなこの歌句のおもしろさをうまく言い得てはいない。

西行はこの俊頼の歌を意識してのことであろう、「海辺夏月」という題で、

つゆのぼるあしのわか葉に月さえてあきをあらそふなにはえのうら（山家集・上・夏・二四二）

と詠んでいる。『山家心中集』にも選んでいるから自身愛着のある作なのであろう。この初句について、固浄の『増補山家集抄』は「蘆稲などの葉を見居れば、地よりすら〳〵と露の上るもの也」という。やはり古人は科学的知識を持ち合わせていなかったばかりに、おもしろい錯覚をしているのである。

いささか挙げ足取りめいてくるが、西行のこの歌を日本古典文学大系や新潮日本古典集成の

『山家集』では「露《つゆ》のちる」「露の散る」と翻刻している。両書の底本である陽明文庫本を見ると、「つゆのほる」なのだが、「ほ」は「本」の草体の仮名で、「ほる」の連綿が「ちる」のように見えなくもない。それで「つゆのちる」と読み誤ったのであろう。あるいは「蘆が散る難波」などという表現への連想も働いてそう読んでしまったのかもしれない。その後の翻刻・注釈では、新日本古典文学大系46『中世和歌集鎌倉編』の『山家心中集』でも和歌文学大系21『山家集　聞書集　残集』でも、正しく「露のぼる」と翻刻され、前者では「初句、(俊頼の歌を引く、略)に拠る。珍しい表現」、後者でも同じ歌を引いて、「露が葉末に結ぶことを、根から上ったと見た」と注している。

じつはこれらより以前、私は『西行山家集入門』(一九七八年八月刊、有斐閣)という小著を書いた際、古典大系の読み誤りを指摘し、俊頼の歌をも挙げはしたのだった。ただその時は『八雲御抄』の「葉のぼる露」の句に関する記述に気が付かなかったので、いささか及び腰の言い方をしている。

「葉のぼる露」に戻ると、一条兼良の連歌寄合書『連珠合璧集』上、四降物の「露トアラバ」の項にも「をく　消　あだなる　ぬるゝ　むすぶ　葉のぼる(下略)」とある。連歌作品にも「葉のぼる(露)」という表現例を求めることができるかもしれない。

うたまくら

utamakura

俊頼の難解歌

時として何ともわからない歌を詠む歌人に、源俊頼がいる。たとえば、次の歌は何を歌っているのだろうか。

　　　みつうみ
ゆふつくひゐかたのうらのいりましにくもすはゐしてみのもすゝけぬ

右の本文は冷泉家時雨亭文庫本『散木奇歌集』によって示した。同本では「ゐかたの」の「たの」の右に「本」と朱で傍記する。現在の流布本ともいうべき新編国歌大観本は底本が違うのだが、

　　　水海
ゆふづくひゐがたのうらのいりましにくもすはえしてみのもすすけぬ　（雑上・一二七五）

という本文を制定している。

この歌は永久四年（一一一六）の『永久百首』、いわゆる「堀河次郎百首」で、雑三十首のう

ち「水海」の題を詠んだものである。新編国歌大観本『永久百首』で制定した本文は次のようなものである。

夕づくひえがたのうらのいりましに雲すばへしてみのもすすけぬ（五二二）

『永久百首』には橋本不美男・滝沢貞夫著『校本永久四年百首和歌とその研究』（昭和五三年三月刊、笠間書院）があって、本文の異同を知る上に大層便利だが、併載されている「古注集成」も歌意を考える際には有難い。

その「古注集成」の中に、『永久四年次郎百首中三首解』（以下『三首解』と略す）という注がある。同書の解説によれば、嘉永四年（一八五一）、時の関白鷹司政通が権大納言源（久我）建通に問われたことを契機になされたものであるという。その三首のうちの一首が、この俊頼の「水海」の歌なのである。

幕末の宮廷人が難解歌としたこの歌は、おそらく藤原定家が時雨亭文庫本を書写させた段階でもわかりにくい歌と考えられていたのであろう。

そのわかりにくさの第一は「ゑかたのうら」という地名は正しいのか、正しいとしたらそれはどこであるかという疑問だったのであろう。「本」の朱傍書がそういう疑問があったことを想像させる。同じ疑問は幕末の貴族達も抱えている。彼等は「えかたの浦」「みかたの海」「日かさの浦」などと、誤字の可能性をも考えながら、若狭か播磨かなどとあれこれ穿鑿しているが、結局どこの浦とも結論を出していない。それ以前、契沖の『類字名所外集』でも「江加多海」として立項し、俊頼のこの歌を掲げるが、所在国は記していない。近代の研究でもこの浦の所在を突きとめた人がいるのかどうか、寡聞にして知らない。

そこで、他に用例がないかと、とりあえず『歌枕名寄』を収める『新編国歌大観』第十巻を引いてみたら、この地名歌集ではなく、『大嘗会悠紀主基詠歌（自承和至寛延）』に、

　絵形浦有二紅葉一、林如レ張レ錦、行客見レ之

支弓見礼者　錦成計里　衣河〔虫損〕　絵形乃浦乃　木々乃裳美知葉　（六〇三）

という例があった（詞書読点・返点は私意）。

　来て見れば錦なりけり衣河〔　〕絵形の浦の木々のもみぢ葉

と訓むのであろう。歌人は藤原永範、久寿二年（一一五五）十月十一日詠進された、後白河天皇の大嘗会での「四尺御屏風六帖和歌悠紀方　近江国」で「戊帖」（九月・十月）三首のうちの第二首目である。この作例によって、「ゑかたのうら」は「絵形の浦」で、近江国、俊頼は「水海」の題で琵琶湖の風景を歌ったのだと知られる。

まだ見るべき本があった。長いこと人々に知られていなかった、彰考館蔵『新撰歌枕』であ

る。古典文庫所収のその翻刻を見ると、巻四、近江国に、

夫木
夕つくひえかたの海のいりましにくもすわへしてみのもすゝけぬ　　俊頼

江形海　　正字可尋

とある。『夫木和歌抄』巻二十三「海」に載っているのは確かだが、そこでは近江国と注してはいない。

ともかく、近江国ではあるらしいが、では、広い琵琶湖のどのあたりに、絵形の浦はあるのだろうか。これは今のところわからない。地名辞典の類からも検索できない。ただ、永範の右の歌で、「衣河（　）」とあるのが手掛りとなりそうである。これはおそらく「衣河《きぬ》の」などとあったのであろう。「衣川《きぬ》」という川は現在は天神川と呼ばれているらしいが、大津市を流れる川で、堅田のあたりで琵琶湖に注ぐ。その流域も衣川と呼ばれて、平安時代から文献にも見える。たとえば、中山忠親の『山槐記』元暦元年（一一八四）九月十五日の「近江国　注進　風土記事」に「衣川、志賀」と見えている。「絵形の浦」は堅田のあたりの湖岸ではないだろうか。

「ゑかたのうら」はひとまずこれで見当がついたとして、次に「いりまし」とは何を意味するのであろうか。

『三首解』では、「風の事に候や。海上にて南風を船人ドモ万せと申候様、承居候、其ませを

追手に受候をいれませと申よし、いれませは用語を、即体語にして、いりましと被レ詠候と被レ蔡候」と、追風と考える一方で、「いりましは入座にて、おまし、又おましますなど、あがめいへる詞なるべし」ともいう。「ゆふつくひ」を敬っていったと見るのであろう。

「いりまし」ということばは、『日本国語大辞典』には登載されていない。「いれませ」も同様である。「まじ（真風）」「まぜ（真風）」は載っている。「まぜ」は「ませ」ともいうとし、西風、南風または西南風、東南風などの解を記す。用例は古いところでは『野島流船軍書』（室町後か）、『ロドリゲス日本大文典』、新しいところでは小栗風葉の小説「青春」。「入座」よりはこの風の異名と解する方が当てはまるのではないか。

*

引続いて、源俊頼の「みづうみ」の歌、

　ゆふつくひゐかたのうらのいりましにくもすはゐしてみのもすゝけぬ

について考える。

自分なりに考証した後、渡部泰明氏に歌枕「ゐ（え）かたのうら」について、何か新しい情報がないかどうか尋ねたところ、『新羅社歌合』に例があったように思うと言われた。調べてみると、承安三年（一一七三）八月十五夜『三井寺新羅社歌合』の「湖上月」の題で、群書類従本によれば、

六番　左持　　道禅

唐さきやえかたの波や（ママ）あやの上にうつしてそみる秋のよの月　（四三）

という歌がその例と思われる。判者藤原俊成は、「左、えかたのなみのなといへるけしき、最おかしうふるまへる哥なるへし」と評している。ただし、萩谷朴『平安朝歌合大成増補新訂』四では、この「えかた」に「江潟」の字を宛て、「えがた」と読んでいる。普通名詞と解し、歌枕と見ていないことになる。けれども、三井寺の鎮守である新羅社での歌合で詠まれたことなどを考えると、これはやはり「絵形の浦」の用例の一つと見てよいのではないか。そして、「唐さき」の「唐」「絵」「あや」「うつし」は縁語の関係にあるのであろう。唐崎だと、前に考えた堅田よりもやや南になるが、さほど遠いとはいえない。以上、渡部氏の示教によって前に書いたことの補足をしておく。

次に、問題の歌の下句について考えてみる。

この歌での「すはゑ」または「すはえ」にぴったりすることばは、辞書類には見出せないよ

うである。しかしながら、それに近いことばとして、「そばえ」があることに気付く。たとえば、『日本国語大辞典』での説明は、次のごとくである。

そばえ　そばへ　〔戯〕《名》（動詞「そばえる（戯）」の連用形の名詞化）①あまえ、ふざけること。たわむれること。②狂いさわぐこと。特に、気象上の激しい動きにいう。③ある所だけに降っている雨。通り雨。わたくし雨。日照雨。むらしぐれ。

そしてさらに、方言として「すばえ」の形があり、冬の驟雨を意味する場合もあることが知られる。そして、②の用例として挙げられているのは、覚性法親王（一一二九―一一六九）の、

（霰）

さゝぶきのまやのゝきにはたるひして雲のそばえに霰ふる也　（出観集・冬・五七五）

という歌である。また、③の用例の最初には藤原頼宗（九九三―一〇六五）の歌を鎌倉時代の私撰集の『万代和歌集』によって掲げている。

雨声混波といふことを　　堀川右大臣

あらしふくしぐれのあめのそばへにはせきのおなみのたつそらもなし　（冬・一二九二）

『入道右大臣集』（頼宗の私家集）によると、この歌の本文は若干異なっている。『私家集大成』2によって示すと、ミセケチがいささか曖昧だが、

於宇治殿乃伝聞雨声階波題

あらしそふしくれのあめのすはえこそ《ニハハ》せゝのをなみのたつそらもなし　（五二）

となる（—はミセケチ記号の代り）。

これらのことから、「そばえ」と同義のことばとして「すばえ」があったこと、用例としては「すばえ」の方が「そばえ」よりも古いこと。②と③とは、にわか雨や霰などをともなう気象上の急変というように、一つにくくってもよさそうだということなどが知られる。そしてそれらのことから、俊頼の歌も解けるのではないだろうか。すなわち、「くもすはゐして」というのは、雲の動きがあわただしくなり、今にも驟雨がやって来そうになってということを言おうとしたのではないかと考える。

「みのもすゝけぬ」の「みのも」は、「水《み》の面《も》」であろう。俊頼は、

にごりなきみのもに月のやどらずはいかであさぢのかずをしらまし　（散木奇歌集・五三三）

とも詠んでいる。

「すゝけぬ」は「煤けぬ」で、水面がさっと翳ったことをこう表現したのであろう。

以上考えたことによって、意味が取れるようにこの歌に漢字を宛てるならば、

夕づく日絵形の浦のいりましに雲すばえして水の面煤けぬ

ということになるであろう。一首の意としては、

夕日が射していた琵琶湖の絵形の浦に風が吹き、にわかに雲の動きがあわただしくなって、今にも驟雨がやってきそうなけはいで、湖水の面は暗く翳った。

というようなことになるのではないか。

もしもそうだとすると、俊頼以前に紫式部が琵琶湖でのこれに類する気象の急変を、こんなふうに歌っていた。

　夕だちしぬべしとて、そらのくもりてひらめくに
かきくもりゆふだつなみのあらければうきたる舟ぞしづごゝろなき　（紫式部集・二一）

ことばの問題として考えてみると、『日本国語大辞典』は、「そばえ」の他に「すばえ」を立て、その用例として『入道右大臣集』での頼宗の歌や、この俊頼の歌を掲げてもよかったと思う。

〔追記〕

後日、吉野朋美氏他の『散木奇歌集』を読む研究会で、氏が村上忠順の『散木弃歌集標注』によって、絵形の浦をやはり近江国の歌枕と報告していたことを知った。

中原師遠のこと

あることを調べていると、今まで全く関心がなかったというよりは、ほとんど何も知らなかった人物が急に気になりだすということがある。ここのところ、私にとっては、中原師遠という人がそのような人物である。

中原師遠は平安後期の明経道（大学で経書を学ぶ課程）の学者で、官人である。大外記、主計頭、図書頭、明経博士などになり、正五位上に至った。公事を記録する書記官で、財務官僚の元締め、国立図書館の長、漢文学の教授だったということになる。隠岐守にもなっている。

大江匡房は師遠より二十九歳年長で、正二位権中納言兼大宰帥に至った鴻儒だが、その匡房が、

大外記師遠は諸道兼学の者か。今の世の尤物《いうぶつ》（傑物）なり。能《よ》く達《いた》ることは中古の博士に劣らざるか。

と激賞している。

師遠の父師平、祖父師任も大外記になっている。匡房は彼等が外記の日記の保全につとめ、師遠もそのような父祖の仕事を継いだことを賞して、

国家の奉為《おんため》に、さばかり忠を致す者なれば、子孫は絶えず繁昌するなり。この師任・師平は殊に寛仁の心有り、強《あなが》ちに貪欲《とんよく》なしと云々。師遠相継ぎて一事を失はず、その跡を継げり。また希有の事なり。当時の一物《いちぶつ》なり。

ともいう。いずれも匡房の言談を記した説話集の『江談抄』に見えることである。

その師遠に、安倍仲麿の、

天の原ふりさけ見れば春日なる三笠の山に出でし月かも（古今集・羇旅・四〇六）

の歌について質問した人がいたらしい。その質問というのは、仲麿は遣唐使として唐に行ったのか、あの歌は唐で詠んだものか、そのことについて「禁忌」があるのかといったことである。それに対する師遠の答らしきものは、彼の子の師清が自身で書いて返したという。その内容は、

霊亀二年、遣唐使と為り、仲麿、渡唐の後、帰朝せず。漢家の楼上において餓死す。吉備大臣後に渡唐の時、鬼の形に見《あらは》れて、吉備大臣と言談して唐土のことを相教ふ。仲麿は帰

朝せざる人なり。歌を詠むことに禁忌有るべからずといへども、なほ快からざるか、いかん。
というものである。これも『江談抄』に見える話だが、「ある人」が師遠に尋ねたのは匡房が世を去った五年後のことであるとわかっているので、匡房は直接関わっていない。しかし、仲麿が唐で餓死したとか、吉備真備が唐に渡って鬼となった仲麿から唐のことを教わったという話は、生前の匡房が語っていたことでもある。この話は同じく『江談抄』に、「吉備入唐の間の事」という題で詳しく語られ、『吉備大臣物語』という物語になり、美術史上有名な『吉備大臣入唐絵巻』に描かれている。荒唐無稽な話で、仲麿が餓死したのは唐の人の所為であるというのだから、日中親善を損ないかねない説話なのだが、鴻儒の匡房も、彼が「今の世の尤物なり」と評した師遠も、そのような伝説を信じていたことになる。

その師遠が何で急に気になり始めたかというと、彼に「師遠名所抄」と呼ばれる著作があったらしいことに気付いたからである。あったらしいというのは、本の形では伝わっていないで、他の本に引用されていることによって知られる、佚書と思われるからである。

この「師遠名所抄」の逸文らしきものを引用しているのは、南北朝時代に成ったと考えられる名所歌集の『勅撰名所和歌要抄』である。全二〇巻一〇冊。写本として伝わっている。完本は国立公文書館内閣文庫に蔵せられている。その組織・内容を紹介し、成立年次を考証されたのは井上宗雄氏の『中世歌壇史の研究　南北朝期』（昭和四〇年一一月初版、昭和六二年五月改訂新版、明治書院）である。その後、神作光一氏がこの集の総歌数を七七〇八首と計算された（「『勅撰名所和歌要抄』と平安朝和歌—内閣文庫本の検討序説—」、『国語と国文学』昭和四五年四月）。浩瀚な名所歌集といってよいであろう。私もこの本については少しは関心を抱いてきたと思う。というのは、いつの頃か今は思い出せないのだが、同じ書名の江戸末期書写の零本を手に入れて、それと内閣文庫本との関係を確かめたいと考えていたからだった。しかしその時その時の当面の研究テーマに追われて、架蔵の江戸末期写零本の素性調べに着手することは後回しにしてきた。しかし、そもそも「歌枕」とか「名所」とかいう概念は、いつごろから形成されてきたのだろうか、それは時代によって変化がなかったのだろうかなどということを、今頃になって考えはじめて、ふと手許にある、「勅撰名所和歌要抄巻第十九」と外題を記した江戸末期写本（天保七年皇太后宮権大夫三条実萬の識語がある）を久しぶりに披いて見、そのあちこちに「師遠名所抄云」という引用があることに気付き、にわかに師遠なる人物に興味を抱きはじめたのだった。

そこでこれも全く久しぶりに内閣文庫に行って、室町末期の書写とされる『勅撰名所和歌要抄』の完本に初めて対面した。そして、「師遠名所抄」の引用は極めて偏っており、ほとんど巻第十九洛京部に集中していることを知った。その引用文から知られる範囲では、「師遠名所抄」

が「名所」と呼んでいるものは、大内裏・神泉苑・淳和院・閑院・中六条院・京極殿・鴨井・山井・海橋立《あまのはしだて》（大中臣輔親の家の庭）・佐保殿などの、由緒ある建造物や庭園であって、いわゆる歌枕とは必ずしも一致しないのである。このことから、漢字の文書を書く仕事に携わっていた博士にとっての「名所」と、歌人たちのいう「名所」との間には、微妙なずれがあったのではないかと考えている。さらにいえば、師遠のいう「名所」は、歌よりは説話に結び付きやすかったように思うのである。

「師遠名所抄」のこと

『勅撰名所和歌要抄』巻第十九の巻頭で解説される名所は、「大内山」である。まず、「山城国、平安城、二条北、大宮西」と、その所在地、別の呼び方というよりはむしろ正称を挙げ、次いでその規模を「南北十町…東西八町…」と摘記して、そのすぐあとに「師遠名所抄」を引く。

師遠名所抄曰、大内裏秦河勝宅云云、又橘下大夫宅云云、南殿前庭橘樹依二旧跡一殖レ之見二天暦御記一、桓武天皇大和国添上郡平城宮、山城国愛宕郡平安京御宇延暦十三年申戌、造二平安京門殿舎院楼以下一、次第見二差図一、嵯峨天皇御宇弘仁九年戊戌四月庚辰、是日有レ制改二殿閣及諸門之題額一

この引用ののちに「十二門額」「禁中諸門」、八省院（朝堂院）・豊楽院などの門の名が列記され、そののちにようやく「大内山」のことばを詠み入れた例歌が挙げられている。そしてさらに、仁和寺の奥の「池尾の山」をも大内山と号すことを記し、その作例と『李部王記』の記

述を引く。

「師遠名所抄」の引用は、この次には「神泉苑」の条に見える。それは「師遠名所抄云、金岡畳二水石一云云」という短いものである。この条には弘法大師の詩句や源順の詩序を引き、弘法大師が請雨の祈禱を修したところ、金色の竜が出現したということを漢文体で記す。その典拠は示していない。この条には例歌は引かれていない。

次には、「淳和院」の条に、「師遠名所抄」の引用がある。

師遠名所抄云、天長天皇淳和天皇又号二西院帝一、桓武第三御子、御母贈皇太后宮旅子、参議百川公女離宮云云

この条も、このあと菅原道真や大江佐国の詩句が引かれるが、例歌はない。

次は、「閑院」の条である。

師遠名所抄云、金岡畳二水石一云云、左大臣冬嗣公贈太政大臣号二閑院大臣長岡大臣一、内麿公次男御家、仁義公号二閑院太政大臣一、九条右丞相十男伝領

とあり、このあとに『新古今和歌集』巻第十六雑歌上所載の、円融院と藤原朝光との贈答歌を作例として引く。

その次は「中六条院」の条である。「寛平法皇御在所」と記したのちに、「師遠名所抄云、此亭池竜相通云云」という。例歌はない。

次は「京極殿」の条。藤原道長の家で、後一条・後朱雀・後冷泉の三帝と皇后四人が誕生した家であることを漢文で記したのちに、「師遠名所抄云、此家池中嶋賀茂明神令レ通給云云」という。この条にも例歌はない。

その次は「鴨井」「山井」と並んで解説される二条に「師遠名所抄」が引かれている。「鴨井」の条は、

師遠名所抄云、鴨井非二院字一、往古室町西為二旧井一、人伝号二鴨井一云云、是鴨集二件井一之故云々

とだけあって、例歌はない。「山井」の条は、

師遠名所抄云、道頼大納言中関白道隆公二男、永頼卿聟伝領、信家卿号二山井大納言一、大二条関白教通公二男、母公任卿女伝領

とあり、次いで藤原永頼の宅であるという「或記」の説を引くが、やはり例歌はない。

『勅撰名所和歌要抄』巻第十九での「師遠名所抄」の引用が見える最後の条は「海橋立」である。ここでは、六条南、室町東にある京の「海橋立」のいわば本家が丹後国与謝郡にあることを記したのちに、

師遠名所抄云、輔親卿六条宅作二海橋立一、有二連理樹一云々

と引き、さらに「或記」の伝承を引く。例歌はやはりない。

以上の他、巻第二の「佐保山」と巻第七の「佐保河」の条に、ほぼ同文で「師遠名所抄、佐保殿云云」という引用が見出される。

内閣文庫本『勅撰名所和歌要抄』の全二十巻をざっと見たところでは、同書に引かれている「師遠名所抄」の引用箇所は以上であった。

これらのことから、その著者と思われる中原師遠が考えていた「名所」は、和歌に詠まれる名所、歌枕というのとほとんど同義に用いられる名所とはいささか異なり、由緒ある建造物、歴史的な殿舎、また伝承を伴った地点を意味していたのであると思われる。そしてそれは『平家物語』巻第一、内裏炎上で安元三年（一一七七）四月二十八日の安元の大火を語って、

或は具平親王の千種殿、或は北野の天神の紅梅殿、橘逸成のはひ松殿、鬼殿、高松殿、鴨居殿、東三条、冬嗣のおとゞの閑院殿、昭宣公の堀河殿、是を始て、昔今の名所卅余箇所、公卿の家だにも十六箇所まで焼にけり。其外殿上人・諸大夫の家々はしるすに及ばず。（覚一本）

という「名所」と一致するのである。

そして師遠は、その「名所」の庭に植えられていた橘の木や連理樹、その造園を著名な絵師

である巨勢金岡がしたという説、その屋敷や池の中島に竜や賀茂明神が通うという怪しげな伝承などに関心を抱いていたことが知られる。そのような関心の抱き方は、説話集編者のそれに近いといいえる。しかし、『俊頼髄脳』を書いた源俊頼や『奥義抄』『袋草紙』などを著した藤原清輔にも、それに近い関心は認められる。そういう説話集編者の視点をも大幅に取り込んだ名所歌集（『大鏡』『江談抄』『古事談』なども引かれている）が『勅撰名所和歌要抄』なのである。

〔追記〕

参考までに、架蔵本『勅撰名所和歌要抄巻第十九』（大和綴一冊）の識語を掲げておく。

右勅撰名所和哥要抄第十九
借乞或蔵書令写了件抄為
亀山院御撰之由故帥公麗卿
注之云々
　　天保七年正月廿六日
　　　　皇太后宮権大夫實萬

右にいう「故帥公麗卿」とは天明元年（一七八一）九月七日、四十九歳で没した滋野井公麗をさす。天保七年（一八三六）三条実萬は三十五歳であった。

名所

新聞の紙面で観光旅行を募る広告が占める割合は相当多いものだということに気付かされた。試みにある大新聞の今年（二〇〇七年）一月二日の版を例に取ると、全部で四十面のうち、この手の全面広告は八面を数える。その他、一面の半分近くを占めるのも二箇所ある。他の業種の全面広告は計十一面、そしてどの面にも広告は少なくとも一面の四分の一くらいは載っているのだから、新聞は部厚な割には案外読みでのないものである。

いや、新聞の悪口をいうつもりで書き始めたのではなかった。現代の社会で「名所」ということばがどの程度使われているかを、旅行業者の広告を例に、探ってみようと思って見ているうちに気付いたのだった。それで、その調査結果であるが、これらおびただしい広告の中で見付けることができた「名所」の用例は、かろうじて一例、「タクシーで京都の名所に行こう！」というのであった。海外旅行の広告で目立つのは「世界遺産」ということば、国内旅行の広告では「名湯」というのはちらほら見えるが、「名所」は右の一つだけである。そしてその「名所」はどこかというと、「金閣寺・銀閣寺・清水寺・東福寺など」という説明がついていた。モン・サン・ミッシェルもマチュピチュも今や観光名所だと思うのだが、これらの広告ではそうは謳わない。「世界遺産」が売りなのだ。名所とか名勝といったことばは、もはや古いという印象を与えかねないものになっているのだろうか。

となると、判官贔屓にも似た気になって、調べてみようと思い立つ。そこで手初めに、『日本国語大辞典』の「名所」の項を引いてみる。この辞書では「名所」を次の三項に分けてその語義を解説する。「①景色がいいことで有名な所。景勝の地。また、歴史的な事件があったり、古歌などに詠まれたりして、昔から広く知られている土地。名勝。名跡。②一般に、景色がよい所。③遊里で名代の太夫。京都・島原の遊里などで、各地の名所の名を自分の名にしていたところから生じたという。」

いささか疑問なのは、右の①と②の分け方である。この辞書の初版ではこの①と②を合わせて①とし、③を②としていた。ちなみに、『岩波古語辞典』では、「①風景・古跡などで名高い所。②〈多く名所の名を付けるので〉遊里で、名代の太夫の異称。名《めい》の物」と説明する。

次に、『日本国語大辞典』の①と②で掲げている用例を見る。①では、まず平安の漢詩人島田忠臣の『田氏家集』巻之下、「五言。禁中瞿麦花詩。三十韻。併序」の序で「蓋此花生二大山川谷一。不レ在二好家名処一」という部分、次に『建礼門院右京大夫集』の題詠歌群中の「名所のすみれ　おぼつかなゝらびのおかのなのみしてひとりすみれの花ぞつゆけき」（三九）の歌題部分、その次は二条良基の連歌学書『連理秘抄』で「下手はすべて本歌・本説を取り得ぬ也。名所などはゆめ〳〵無用の時出だすべからず。たゞ、花といはんに吉野、紅葉といはむに竜田、あながちに詮なし」という例、その次は『太平記』巻第十八、春宮還御事付一宮御息所事で松浦五郎が後醍醐天皇の一宮尊良親王の御息所（松浦は彼女をさらってきた）を慰める言葉、「面白キ道スガラ、名所共ヲ御覧ジテ御心ヲモ慰マセ給候へ」という例、あとは『運歩色葉』の例、夏目漱石「彼岸過迄」のうち「松本の話」十での「其友人が箕面といふ紅葉の名所へ案内して呉れました」という、須永市蔵の手紙中の一文である。

②の用例はまず宗祇の『筑紫道記』での筥崎宮附近の描写で、「海の中道遥かに廻りたる様、茅の輪の如し。遠近の島〳〵所々の山〳〵など手に取るばかりにて、何れも名所ならずといふ事なし」という例、次は近世歌謡集『松の葉』第二巻、四十六さらしの「見え渡る〳〵、伏見竹田に淀鳥羽も、いづれ劣らぬ名所かな〳〵」という例である。

これを同じ辞書の初版と対照させてみると、『田氏家集』「彼岸過迄」『筑紫道記』の三例が第二版で新たに加えられたことがわかる。また第二版の後、昨年（二〇〇六年）刊行された『精選版日本国語大辞典』全三巻で残された①及び②の用例は『田氏家集』「彼岸過迄」『筑紫道記』の三例である。さらにこの辞書の母胎ともいうべき『日本国語大辞典』での「名所」の解説は「景色・古跡等にて、名高き所。名勝。勝区」とあるだけ、その用例も、『運歩色葉』と謡曲「頼政」の「名所旧跡残りなくおん教へ候へ」というのにとどまる（修訂版による）のを見れば、この辞典は確かに進歩を続けていることが知られる。ただ、新たに加えられた用例やその他の辞典に引かれている用例などを見ると、語義の分け方や説明のし方についてはなお考える余地がないとはいえない。

*

『日本国語大辞典』の「名所」の①で最初に掲げる『田氏家集』の用例は、瞿麦（撫子）について、「蓋此花生ニ大山川谷一。不レ在ニ好家名処ニ一」というものであった。「好家名処」は人為的、人工的なもので、それが「大山川谷」という自然と対比されていることになる。すると、この場合の「名処」（＝名所）は、やはり人の手が加えられた著名な場所、やや具体的にいえば庭園・林泉などを伴った豪奢な邸宅などを意味すると思われる。

そのような「名所」の例は、時代が下って『平家物語』にも見出される。「「師遠名所抄」のこと」ですでに引用したが、論を進めるためにここでも改めて掲げると、それは安元三年（一一七七）四月二十八日の京都の大火を語る件りで、覚一本によって示せば次のごとくである。「或は具平親王の千種殿、或は北野の天神の紅梅殿、橘逸成のはひ松殿、鬼殿、高松殿、鴨居殿、東三条、冬嗣のおとゞの閑院殿、昭宣公の堀河殿、是を始て、昔今の名所卅余箇所、公卿の家だにも十六箇所まで焼にけり。其外殿上人・諸大夫の家々はしるすに及ばず」（巻第一・内裏炎上）。覚一本よりも年代的に古い延慶本での叙述はもっと詳細だが、同本でもこれらの歴史的建造物を「名所」と呼んでいる。

歴史的建造物を「名所」と呼ぶ例は、これ以前、平安末期の歌人藤原資隆の撰とされている故実書『簾中抄』に見出される。同書では「大内裏付八省」に続いて「京中付名所」の項を設け、その「名所」としては、神泉苑以下西宮まで四十数箇所の歴史的建造物をその所在地とともに挙げる。前引の覚一本に記されている「名所」はすべてそれらの中に含まれる。そのことから、『平家物語』の作者はこれらの故実書を参考にしながら文章をあやなしたのではないかとさえ思われるのである。しかし、そういうことに言及した『平家』の注釈書を知らない。

『簾中抄』に先行する類似の故実書として、保延五年（一一三九）九十一歳で没した漢学者三善為康の『掌中歴』、同じ著者の『懐中歴』の名が知られるが、前者は残闕本が伝存し、後者は佚亡した。ただ、『二中歴』の「名家歴」に「掌中一本云二名所歴一」とあるのによれば、『掌中歴』においても『簾中抄』と同様に歴史的建造物を「名所」とする見方の存したことが知られる。そして、『二中歴』により、「名所」＝「名家」という理解がなされていたことも確認される。これら故実書の系列に連なるものとして、南北朝時代から室町時代にかけて成った『拾芥抄』があるが、同書は「諸名所部第二十」の部門を設けて、これら歴史的建造物を総集している。

またこれもすでに「中原師遠のこと」で述べたように、南北朝時代に編まれたと思われる名所歌集に『勅撰名所和歌要抄』全二十巻が写本として伝存するがその巻第十九は洛京部で、「大内山」に始まり、「十二門額」「禁中諸門」、諸殿舎に続き、前記の歴史的建造物の所在地、その来歴などを摘記したものである。「和歌要抄」と言いながら、和歌を引いている箇所はさほど多いとはいえない。そして注目されることは、ところどころに「師遠名所抄」なる書名が散見されることである。たとえば、「大内山」の項で「師遠名所抄曰、大内裏秦河勝宅云云、又橘下大夫宅云々」、「京極殿」の項で「師遠名所抄云、此家池中嶋賀茂明神令レ通給云云」のごとくである。師遠とは大治五年（一一三〇）八月、六十一歳で没した大外記中原師遠のことであろう。『鯨珠記』『師遠記』『師遠年中行事』『随見聞抄』などの著作があるが、『随見聞抄』は今日伝わらない（和田英松『本朝書籍目録考証』）。『勅撰名所和歌要抄』に引く「師遠名所抄」はあるいは『随見聞抄』と関わりがあるのだろうか。

ともあれ、以上述べてきたことによって、平安末期の知識人の間に故事来歴を有する旧宅を「名所」と呼ぶという共通の認識の存したことが確かめられるであろう。

覚一本『平家物語』には、最初に挙げた巻第一の「内裏炎上」の例以外にも、巻第二「阿古屋之松」と巻第五「月見」とに「名所」の語が見出される。「実方中将、奥州へ流されたりける時、此国の名所に、阿古屋の松と云所を見ばやとて、国のうちを尋ありきけるが」（阿古屋之松）、「やう〳〵秋もなかばになりゆけば、福原の新都にまします人々、名所の月を見んとて、或は源氏の大将の昔の跡をしのびつゝ、須磨より明石の浦づたひ、淡路のせとををしわたり、絵島が磯の月を見る」（月見）のごとくである。三十年以上も前、市古貞次先生の編に成った『平家物語辞典』（昭和四八年一一月刊、明治書院）で「名所」の語を担当したのは私だった。そこでは今までに挙げた三例を用例として掲げつつ、語義を「風景の美しさや歴史的な事がらで名高い場所。有名な場所」と解説し、「補説」として、「月見」や「阿古屋之松」の例は和歌でいう名所、歌枕を意味するが、「内裏炎上」の例は旧蹟、とくに邸宅を意味するといったようなことを付記した。しかし、『田氏家集』の用例に始まって、『簾中抄』や『勅撰名所和歌要抄』所引の「師遠名所抄」などを併せて考え直すと、「内裏炎上」と「阿古屋之松」「月見」との間には、人為的な名所と自然景観を主体とする名所という点で線を引くことができるように思う。そして『日本国語大辞典』でも、「名所」の語義を三項に分けて説明するのであれば、右のような分け方を適用することができるのではないだろうか。

*

『日本国語大辞典』が和歌に詠まれる有名な場所、風光明媚な土地の意での「名所」の用例として掲げているのは、先に述べたように『建礼門院右京大夫集』での「名所のすみれ」という歌題である。しかし、「名所」の文字を用いた歌題はもう少し前から出されていたに違いない。「名所歌合」と呼ばれる歌合も建礼門院右京大夫の時代以前に行われている。たとえば、『和歌大辞典』（昭和六一年刊、明治書院）の「名所」の項では、「長久二（一〇四一）年祐子内親王家名所歌合は以後の名所題歌合流行の先駆となった」と述べている。ただ、この「長久二年五月十二日庚申祐子内親王名所歌合」（萩谷朴『平安朝歌合大成』での呼称による）は断簡が存するのみで完本は伝わらず、催された当時「名所歌合」と謳っていたかどうかはわからない。「長久二年五月庚申夜祐子内親王家名所歌合」などの呼び方は『夫木和歌抄』でなされているもので、『類聚歌合』二十巻本の目録ではこの歌合は「無名歌合」の一つとして扱われ、その題としては、まず「題所々名」とあって、次に「武河松」（「武隈松」の誤りか）など十五箇所の名所を掲げている。従って、この歌合に「名所」ということばの用例を求めることはできない。とすると、歌合としては「天喜元年（一〇五三）八月越中守頼家名所歌合」での端作に、

越中守頼家歌合　天喜元年八月　日 国中名所為ㇾ題ㇾ之

とあるのが、用例として確かで比較的早いものということになるであろう。

歌集の方では、藤原俊忠の『帥中納言俊忠集』に「御前にて、五月雨を名所によせて、人〳〵つかうまつりしに　ときしもあれしほたれまさるすまの浦に日かずふるあめのはれまなきかな」（五〇）という例が早いものであろう。ここでいう「御前」は堀河天皇であろうが、その在位期間は応徳三年（一〇八六）十一月二十六日から嘉承二年（一一〇七）七月十九日までである。ともかく、建礼門院右京大夫の時代よりは一世紀以上遡ることになるであろう。

『日本国語大辞典』では、『建礼門院右京大夫集』の例に続いて、連歌学書『連理秘抄』の例

を引いていた。それならば、名所は俳諧でも問題とされるのだから、俳書での例も加えたいものである。たとえば、『去来抄』の「故実」には、「発句も四季のみならず、恋・旅・名所・離別等、無季の句ありたきもの也」とか、「凡、讃名所のほ句は、其讃、其所のほ句と見ゆるやうに作すべし」などという芭蕉の教えが引かれている。

一方、『日本国語大辞典』では、「②一般に、景色がよい所」の例として、『筑紫道記』に続いて『松の葉』の歌謡「さらし」での例を掲げていた。けれども、そこで列挙される「伏見」「竹田」「淀」「鳥羽」は、いずれも歴とした歌枕としての名所である。それならば、この例を残すとすれば、それは②ではなくて、①に帰属されるべきであろう。

これまで漠然と、「名所」ということばは漢籍に用例を求めることができる漢語かと思っていた。ところが、今度漢和辞典の類を引いてみると、漢籍の用例はあがっていないことを知った。例えば、『広漢和辞典』で「名所」を引くと、まず「メイショ・などころ」と音訓二つの読みを付し、「①有名なところ、景色のすぐれた地。名地。名勝。勝所。勝区。〔謡曲、田村〕花の名どころ多しといへども。②器物の細部の名。③氏名と住所」と解説している。漢籍の用例が引かれておらず、「などころ」と訓読みする謡曲「田村」の例を引いている点は、『大漢和辞典』も同様である。「名所」は和製漢語なのであろうか。『広漢和辞典』の右の記述の②や③は、『日本国語大辞典』では「などころ〔名所〕」の項で、用例を掲げながら解説している。

気になるのは、『邦訳日葡辞書』での「Meixo. メイショ〔名所〕」の記述である。同書では「Nadocoro.〔名所〕すぐれた所、または、名高い所。また、便所」という。「名所」のこのような使い方は『時代別国語大辞典室町時代編』ではおさえられている。同書の「名所」の語義解説は、「①景色のよさや史跡、また、特産などで、世に聞こえた地、場所」「②「便所」の婉曲表現としての符牒」となっており、②の用例としてはこの『日葡辞書』の記述を引いているのである。これは『日本国語大辞典』でも取り上げてよいのではないだろうか。

以上述べてきたことにもとづいて、このことばの歴史をも考慮しつつ、ことばとしての「名所」を解説するとしたら、次のような整理のし方はどうだろうかと考えている。
①名高い場所や建造物。イ美しい園池などを伴った、立派なことで知られる邸宅。とくに、故事・来歴を有する著名な建造物。用例、田氏家集　平家物語・巻一・内裏炎上　ロしばしば和歌や連歌・俳諧などに詠まれた、また詠まれるに価する景勝の地〔建造物をも含む〕。多くの場合、直ちに連想される景物を伴う。用例、天喜元年八月越中守頼家歌合　平家物語・巻五・月見　連理秘抄　去来抄　ハ景色のよいこと、またある景物や特産物などで知られる場所。用例、お湯殿の上の日記〔『時代別国語大辞典室町時代編』所引の例〕　彼岸過迄　②遊里で名代の太夫。

用例、好色一代男　③便所の婉曲的な言い方。用例、日葡辞書

ことば

kotoba

すごい・すごし

鉄道旅行が好きなので、テレビでもそのたぐいの番組をよく見る。この間はある若手のタレントがドイツ国内を南から北へ、また南へと鉄道を乗り継いで、土地の人々とふれあいながら旅を続け、その間自ら旅への思いを作詞作曲するという、かなり長い番組を見た。時折は彼の描いた絵日記も映される。豊かな才能の持ち主だと思う。

ただ、いささか気になったことがある。ドイツの美しい自然景観に接して発した彼の感嘆のことばは「すげーッ」、ホット・ドッグにかぶりついた時のそれは「うめーッ」であった。ことさらお上品なことばを使ってほしいなどというつもりはさらさらない。若い人は気取らない物言いの方が遥かに好もしい。が、これはドイツの旅なので、ひょっとしてそこに登場するドイツの若い人——実際、日本に関心を持ち、日本語を勉強しているという若い女性も登場していた——などが、そういう言い方があたりまえである、あるいはかっこういい言い方なのだと思ったら、いささか問題だなと感じたのである。旧弊な年寄りの言語感覚なんかに取り合ってはいられない、いや、いられねえと、一蹴されるかもしれない。

ところで、この形容詞「すごい」、文語では「すごし」は、いわゆる基礎語に属すると見てよいであろう。『日本国語大辞典』では、「すご・い〔凄〕」の項で、「心に強烈な戦慄や衝撃を感じさせるような、物事のさまをいう」と総括したのちに、語義を次の五項に分けて解説する。——①ぞっとするほど恐ろしい。気味が悪い。鬼気迫るようである。②ぞっとするほどさびしい。荒涼とした感じで背筋が寒くなるほどである。③ぞっとするほど美しい。戦慄を感じさせるようなすばらしい風情である。④あまりにその程度がはなはだしくて、人に舌をまかせるほどである。⑤（連用形を副詞的に使うことが多い）程度のはなはだしいことを表わす。たいへん。たいそう。とても。ふつう、口頭語として使われる。

現代日本語の「すごい」は、ほとんどの例が右の③から⑤に相当するであろう。最初に言及した若いタレントの「すげーッ」は、もとより③乃至は④である。⑤も若い人は「すッごく」という形で頻用しているのだろう。「すごい」を終止形や連体形としてではなく、連用形として副詞的に使うこともあるようだ。これもテレビで聞いた実例を挙げると、映画関係者が、〝観客がすごい盛り上がった〟という言い方をしていた。「すごいかわいい」などという言い方もよく耳にするような気がする。

古語の「すごし」の用例は、ほとんどが右の①から③までに収まるのであろう。以前室伏信助氏と共編した『角川全訳古語辞典』（平成一四年一〇月刊、角川書店）では、「すごし」を、「①寒々としている。荒涼としている。もの寂しい。②ぞくっとするほど恐ろしい。無気味だ。③ぞくっとするほどすばらしい」の三項に分け、「語誌語感」として「寒々としたもの寂しいさまをいうのが原義。さらに、背筋がぞくっとする感じから、恐ろしさ、逆に、すばらしさを表すようになった。現代語の「すごい」は、すばらしさを表す意から来ている」と解説している。『日本国語大辞典』で①とするものを②とし、②とするものを①としていることになるが、感覚的なものと心理的なものとのいずれを優先させるかという問題かもしれない。そしてそれははっきりと区別できないことかもしれない。ちなみに、『岩波古語辞典』は、「①寒く冷たくて身にこたえる。②（態度・様子などが）冷たさを含んでいて身にこたえる。③おそろしい感じがする。④（ぞっとするほど）すばらしい」の四項に分けている。感覚的なものと心理的なものとをはっきり分けて、この②をとくに立てているところがきめ細かいともいえるが、挙げられている『源氏物語』の「帚木」や「若紫」の例は、ここでの①や『日本国語大辞典』での②に含めることもできそうである。それらを示せば、「帚木」の例は、こゝろひとつに思あまる時は、いはんかたなくすごきことのは、あはれなるうたをよみをき、しのばるべきかたみをとゞめて……

というので、男の不実を恨んで身を隠す女の行動について言った例、「若紫」の例は、

雨すこしうちそゝき、やまかぜひやゝかにふきたるに、たきのよどみもまさりておとたかうきこゆ。すこしねぶたげなるど経のたえ〴〵すごくきこゆるなど、すずろなる人も所からものあはれなり。

というので、北山の僧房で旅寝する源氏が聞いた夜の読経の声から受ける感じである。『邦訳日葡辞書』には、「Sugoi. スゴイ（凄い）恐ろしい（こと）、または、物寂しい（こと）」とある。『日本国語大辞典』の①・②に相当する語義を掲げていることになる。同辞典の③、『岩波古語辞典』の④に相当するような「すごい」は、中世末には一般的ではなかったのだろうか。それともイエズス会の宣教師達がそういう用例に接しなかったというだけのことだろうか。

＊

『日本国語大辞典』で、形容詞「すごい（すごし）」の「②ぞっとするほどさびしい。荒涼と

した感じで背筋が寒くなるほどである」という項の最初に挙げられている用例は、西本願寺本『赤人集』の歌である。

なつなればすごくなくなるほと〻ぎすほと〳〵いもにあはできにける（赤人集・二五八）

『萬葉集』にはこの形では見えないが、巻第十に「夏相聞」として載る、

春さればすがるなす野のほととぎすほとほと妹に逢はず来にけり（一九七九）

という歌と下句が酷似していることから想像すると、この歌の「すがるなす野の（酢軽成野之）」の句が訛伝して生まれた歌であろうか。『校本萬葉集』でも一九七九番の歌の頭書部分に『赤人集』のこの歌を引いている。

それはともあれ、夏の鳥であるほととぎすがそのシーズンに鳴く声を「ぞっとするほどさびしい」と聞くというのは、現代のわれわれの感覚からいえば、いかにも不自然である。阿蘇瑞枝氏校注の和歌文学大系17『人麻呂集　赤人集　家持集』の「なつなれば」の歌の注で「鳴くの形容としての「すごく」は珍しいが、鳴き方のはげしさをいうか」と述べ、上句を「夏であるのでひどく鳴いているほととぎすよ」と訳しているのも、ここでの「すごし」を「ぞっとするほどさびしい」と解することに違和感を抱いてのことであろう。すると『赤人集』のこの歌は、『日本国語大辞典』の「すごい」の「⑤程度のはなはだしいことを表わす。たいへん。たいそう。

とても」の例ということになるが、それも落ち着かない気がする。⑤で挙げられている他の例などから考えても、⑤のような用法はそれほど古くからあったとは思われないのである。やはり古人は、ほととぎす――しでの田長の鳴く声を、死出の山――冥界からの声と聞いて、ぞっとするほどさびしいと感じたのであろうか。

「ぞっとするほどさびしい」という意の「すごし」の例としては、『赤人集』の「なつなれば」の歌よりも、和泉式部の次の歌の方がふさわしいだろう。

秋風はすごく吹とも葛のはのうらみがほにはみえじとぞおもふ　（和泉式部集・三六五、赤染衛門集・一八二）

これは「みちさだ去りてのち、帥の宮に参ぬと聞」いた赤染衛門が送った、

うつろはでしばししのだの森をみよかへりもぞする葛のうら風　（和泉式部集・三六四、赤染衛門集・一八一）

という歌に対する返しの歌で、「秋風」というのは和泉式部の身持ちに業を煮やした夫橘道貞の冷たい態度を象徴している。『日本国語大辞典』は「すごい」の②でこの歌も掲げているから、言うことはないのであるが……。

和泉式部はこの他にも「ゆふべのながめ」の題で、

　忘れずはおもひをこせよ夕暮にみゆればすごき遠の山かげ　（和泉式部続集・一二一八）

と詠んでいる。

「すごし」の語幹に接尾語「さ」が付いて、「すごさ」という名詞も生まれた。増基法師の『いほぬし』に、

　　かもに、八月ばかりすゞむしのいみじうなき侍しかば、

　きくからにすごさぞまさるはるかなる人をしのぶるやどのすゞむし　（三一）

という歌が見える。鈴虫の声に「すごさ」を覚えているのである。増基は和泉式部よりは少し前の時代の人であろう。また、和泉式部とほぼ同じ頃の源道済も、

　あきくればすごさぞまさるふる里のおなじ心に人やなるらん　（道済集・一六一）

と歌っている。

和泉式部以後、和歌で形容詞「すごし」を時折用いた歌人として、西行、そして慈円を挙げることができる。

西行の例としては『山家集』に次の五首が知られる。

　ふきわたす風にあはれをひとしめていづくもすごき秋の夕ぐれ　（二八九）

　なきあとをたれとしらねどとりべ山をの〳〵すごきつかの夕暮　（八四八）

ふるはたのそばのたつきにゐるはとの友よぶこゑのすごき夕暮 (九九七)
ゆふされやひはらのみねをこえ行ばすごくきこゆるやまばとのこゑ (一〇五二)
山ふかみまきのはわくる月かげははげしき物のすごき成けり (一一九九)

右のうち、「ふるはたの」の歌は、やはり『日本国語大辞典』の「すごい」②の例に引かれている。慈円の例は、

すごきかなかものかはらの朝風にみのけみだれてさぎたてるめり (拾玉集・八八八)
すごき哉やくすみがまにたつ烟心ぼそさを空にみせつゝ (同・一二六六)

で、ともに比較的初期の詠。「すごきかなかものかはらの」の歌が、早く大槻文彦『言海』の「すごし」の例に挙げられている。ただし、作者や出典の表示はない。

少し変った言い方としては、晩年の藤原家隆が、

かぜあらすやまだのいほにあきたかるすごくやをのれ月をみるらん (壬二集・二四三二)

と詠んでいる。形容詞「すごく」に萬葉の誤訓から生じたことば「すご (素子)」を掛けているのである (「酢児」「須児」「素子」」参照)。

中世も進むと、京極派の歌人達の作例が知られる。たとえば京極為兼の、

大井川はるかにみゆる橋の上に行人すごし雨のゆふぐれ (風雅集・雑中・一七三〇)

これはよくわかる。が、次のような「すごし」はどうだろうか。

山かすむはるのゆふべのつく〴〵とすごくのどけきながめをぞする　（伏見院御集・一九七二）

「すごし」と「のどけし」が一首の中に同居しているのである。

〔追記〕

早く糸賀きみ江氏に「西行歌の「すごし」」（同著『中世の抒情』所収、昭和五四年刊、笠間書院）の論考があり、『源氏物語』の「すごし」にも論及している。

おめでとう・めでたし

年が改まると「おめでとうございます」と挨拶するようになったのは、いつ頃からのことなのかと思って、『日本国語大辞典』の「お－めでとう」という項を引いてみたら、「新年おめでとうございます」という意味での用例としては、夏目漱石の「吾輩は猫である」だけが挙がっている。「おめでとう」という挨拶語の例としてそれ以前に狂言や歌舞伎、滑稽本の『浮世風呂』などでの用例が引かれているのだが、それらは新年の挨拶語として用いられているのではなさそうである。

「吾輩は猫である」で「おめでとう」と言っているのは、人間ではない。猫である。この作品の「二」で、正月苦沙彌先生の食べ残した雑煮を食おうとして食い切れず、踊りまわるという大失敗をしたあと、「吾輩」の猫は気分転換に「有名な美貌家」である「新道《しんみち》の二絃琴の御師匠さんの所《とこ》の三毛子」を訪ねる。

三毛子は「あら先生」と椽《えん》を下りる。赤い首輪につけた鈴がちやら〳〵と鳴る。おや正月になつたら鈴迄つけたな、どうもいゝ音《ね》だと感心して居る間《ま》に、吾輩の傍に来て「あら先生、御目出度《おめでた》う」と尾を左りへ振る。（中略）「やあ御目出度う、大層立派に御化粧が出来ましたね」

三毛子が御師匠さんに呼ばれて御飯のため帰ったあと、「吾輩」は面倒な相手の、「車屋の黒」に声を掛けられて、しかたなしに挨拶する。

「いや黒君御目出度う。不相変《あひかはらず》元気がいゝね」と尻尾を立てゝ左へくるりと廻はす。黒は尻尾を立てたぎり挨拶もしない。「何御目出度《おめでて》え？　正月で御目出たけりや、御めへなんざあ年《ねん》が年中御目出てえ方だらう。気をつけろい、此吹《このふ》い子《ご》の向ふ面《づら》め」

そして、「吹い子の向ふ面」という罵詈のことばの意味を聞く「吾輩」に対して、さらに「正月野郎」という軽蔑表現を浴びせかける。黒が車屋の神さんが注文した牛肉を狙いに去ったあと、「吾輩」は苦沙彌先生の家へ戻る。先生の所には美学者の迷亭からの年賀状が届いている。その書き出しは次のようなものである。

「新年の御慶《ぎよけい》目出度《めでたく》申《まをし》納《をさめ》候《そろ》。……」

「吾輩は猫である」が『ホトトギス』に連載されはじめたのは、明治三十八年（一九〇五）一月からである。だからその頃には確かに「おめでとう」という正月の挨拶ことばが広く定着しており、年賀状にもそれに類する表現が用いられていたことが知られるのだが、それ以前のいつ頃から言われるようになったのかは知らない。

正月に「めでたし」というのは相当昔からのことなのであろう。思い付いて『お湯殿の上日記』を見たら、たとえば長享二年（一四八八）の正月の条に、

一日。く御にまいりて御ひし〲なり。めでたし。

明応二年（一四九三）正月の条には、

一日。こよひはつぎめなどよくて。はやくはてゝめでたし〲。

などとある。正月の挨拶としてというよりは、具体的な人物の振舞いや行事、また天候などについて言われているのではあるが、やはり正月ということで使われやすかった形容詞であるのかもしれない。

また、昔の年賀状はどんな書き方をしたのだろうかと思って、『雲州消息』（明衡往来）を見たら、巻頭の「正月八日　左少弁藤原」の「右馬頭殿」宛ての書状は、

上啓案内事。右改年之後。富貴万福幸甚々々。

と書き出されている。中山忠親編と伝える『貴嶺問答』の「正月一日　左大将」の「権大納言

殿」宛ての書状は、

　年首ノ御慶。承悦無レ極。

という書き出しである。作者未詳の『十二月往来』の「正月三日　権大納言」の「太宰権帥殿」宛て書状では、

　三春迎レ節。一天多レ楽。就レ中我君ノ徳化遥載二八挺一。人民之勤節弥仰二有道一。幸甚々々。

と、いささかものものしい。後京極良経編という『新十二月往来』の「正月三日　播磨守」の「加賀守殿」宛て書状は、

　改年之後。富貴万福。幸甚々々。

加賀守の返状は、

　新春之吉慶。誠以自他幸甚々々。

である。どうやら書状では「幸甚々々」というのが「おめでとうございます」に相当する挨拶ことばであったように思われる。

　が、古語としての形容詞「めでたし」は、慶賀すべきであるという意味で用いられるよりも、すばらしい、立派だという意味に用いられる場合の方が多かったのではないだろうか。

『夫木和歌抄』の「言語」

鎌倉時代の末、一三一〇年（延慶三）頃に編まれたと考えられている類題歌集、『夫木和歌抄』は全三十六巻から成る。その巻第三十六雑部十八に「言語」という項があり、一七六首の歌を収めている。「言語」はおそらく「ゲンギョ」と読ませるのであろう。『夫木抄』が編まれたのとほぼ同じ頃、紀州那賀郡の根来寺で栄厳が書写した延慶本『平家物語』第四の十六に、征夷将軍の宣旨を蒙った兵衛佐源頼朝の描写として、「白バセ優美ニ、言語分明ニシテ、子細ヲ一時ノベタリ」とある。『日本国語大辞典』の「げん‐ぎょ〔言語〕」の項では、高野本（覚一本系）『平家物語』でのこの箇所を用例の最初に挙げている。そこでの「言語」は話すことばの意だが、『夫木抄』にいう「言語」はどういう意味で用いられているのだろうか。『夫木抄』以前に「言語」という歌題が歌会や歌合などで出された例を知らない。あるいは結題などにあるかもしれないが、少なくとも『夫木抄』では、「言語」という題を詠んだ歌を集めてこの項を立てたのではなく、どうやら普通では和歌にはなじまないようなことばを含んだ歌をまとめてこの項を設けたように思われる。一七六首から成るこのブロックは、やや奇異な印象を与える表現を含んだ歌群と見られるのである。

たとえば、源俊頼の次のような歌がその例である。（『夫木抄』の本文は相当訛伝が多いと見られるので、ここでは冷泉家時雨亭文庫本『散木奇歌集』によって掲げる。）

くれなゐのそでにはつれしまみよりもなれがつゞりのわゝけをぞおもふ　（散木奇歌集・恋下・一二二七）

これは、「こひは人によらず」（恋は人の身分によらない）という題の歌である。「美しい紅の衣裳の袖の間からちらちらと見えた女性の目元よりも、破れたぼろを綴り合わせた衣服を身にまとっているお前をいとしいと思うよ」というような意で、下句、とくに「つゞりのわゝけ」という表現が奇抜なのであろう。そしてそれはかの山上憶良の「貧窮問答歌」の、「綿もなき布肩衣の　海松《みる》のごと　わわけ下がれる　かかふのみ　肩にうち掛け」（萬葉集・巻五・八九二）などを連想させる。

まきのいたをほろにあだしてかよひこんしのびもあへずいもがしなゐに　（散木奇歌集・恋下・一一四三）

これは「人にしらる、こひ」の題詠歌である。「いもがしなゐ」という句は、『萬葉集』巻第十の、

ゆくりなく今も見が欲し秋萩のしなひにあるらむ妹《いも》が姿を　（二二八四）

という歌での下句から思い付いた表現ではないだろうか。この萬葉歌は「思いがけず今も見たいものだ。秋萩のようにしなやかであろう妹の姿を」（新日本古典文学大系）と解されている。では「まきのいたをほろにあだして」とは、どういうことだろうか。『萬葉集』巻第十九に、藤原不比等の妻県犬養三千代が聖武天皇に献じた歌とされる、

天雲をほろに踏みあだし鳴る神も今日にまさりて恐《かしこ》けめやも　（四二三五）

という作があり、「空の雲をばらばらに蹴散らして鳴る雷も、今日の恐懼にまさって恐ろしいことがありましょうか。……第二句の「ほろに」と「あだし」は、ともに他に用例なく意味未詳」（新日本古典文学大系）と注されている。この第二句などから得られたのではないかと想像してみる。すると俊頼の歌は、「真木の板を渡した橋もぼろぼろになるほど踏み散らして彼女の家へ通って来よう。彼女のしなやかな姿恋しさに、人目など忍ぶこともできないよ」といったような意味であろうか。

『新編国歌大観』の『夫木和歌抄』ではこの俊頼の歌は、

まきのいたをほりにわたしてかよひこんしのびもあへずいもがしなしに　（一七二二四）

という本文となっている。しかし、俊頼は「しなゐ」ということばを「としをへたるこひ」の題で、

としふれどこすのきけきのたえまよりみえし〻なゐはおもかげにたつ　（散木奇歌集・恋下・一一七五）

とも歌っている。この歌は大観本『夫木抄』でも、

としふともこすのきけきのたえまより見えししなひはおもかげにたつ　（一七二二五）

と、ほぼ同じような形の本文となっている。

この「としふとも」の歌も意味のとりにくい歌だ。「年経《ふ》とも小簾《こす》のきけきの絶え間より見えししなひは面影に立つ」ということなのだろうが、「きけき」が何ともわからない。おそらくすでに藤原定家の時代にわからなくなっていたことばなのであろう。定家手沢本と見られる時雨亭文庫本では「きけき」の右傍に朱の傍点を付しているのである。

この「言語」の項はその典型だが、『夫木和歌抄』は国語辞書、古語辞典の用例として引きたくなるような和歌を多く収めている歌集である。実際、これまで多くそのように利用されてきている。しかし、その本文には訛伝が多い。数本を以て校合しても限界がある。『夫木抄』で見出したことばの用例は、可能な限り、原資料に遡って当り直すことが必要である。

清濁合わせ呑まず　付、「雀歩き」という言葉

日本語には、たとえば「さわく」→「さわぐ」、「そそく」→「そそぐ」のように、時代によって清濁が変ることば、「むつかしい」と「むずかしい」、「まぬかれる」と「まぬがれる」のように、清濁どちらでも通用することばが存在する。「むつかしい」と「むずかしい」の場合は『岩波国語辞典』では、両方とも立項されている。

古文を読む際に面倒なのは、清濁いかんによって意味が変ることばである。「こと（事）」と「ごと（如）」、「またし（全し）」と「まだし（未し）」などはその例だが、接続助詞の「て」と「で」では、意味は反対になってしまう。だから、凡河内躬恒の、

かくばかり惜しと思ふ夜をいたづらにねてあかすらむ人さへぞ憂き（古今集・一九〇）

という歌の第四句は、「寝て明かす」か「寝で明かす」か、古来説の分かれるところである。古い歌を解釈する際、このように清んで読むべきか濁って読むべきか、迷う場合は少なくない。

しかし、校訂された本文で読むと、そういう問題が潜んでいることにも気付かない。注釈者は清濁を分かたず、校訂を経ていない、うぶな本文で読み、ここは清むべきか濁るべきか、いちいち立ち止まって考える。

昔、辞書に載っている「雀歩《あり》き」なる語は、「勧《すす》め歩き」の読み誤りから生れたものと知って嬉しくなった。清濁を弁ぜずに失敗したこともある。『正徹《しょうてつ》物語』で茶数奇について、「大茶碗にてひくつにても吉茶にても」という、「ひくつにても」が、何ともわからなかった。「いづくにても」とする本文もあるのである。「ひくつ」は「簸屑《ひくづ》」だと知ったのは、大分経ってからであった。

注釈に際しては、清濁合わせ呑む度量は排されねばならない。

「雀歩き」という言葉

「世の中は澄むと濁るの違ひにてはけ〈刷毛〉に毛がありはげ〈禿〉に毛がなし」という狂歌を子供のころ聞き覚えたが、古文を相手にしていると、清濁には全く悩まされる。

ちょっとした辞書には、「すずめありき」〈雀歩き〉という言葉が登載されている。そして、「雀のはね歩くように、ぴょんぴょん歩くこと」などと解説してあり、「女のもとより、暁のねざめに雀歩きつる阿弥陀の聖の声も、我が身ひとつにしむここちして」という、『藤原隆信朝臣集』の用例があがっている。

これは動詞「雀歩く」の連用形であって、名詞「雀歩き」の用例としては使えないのではないかという質問を受けた。はじめはその通りだろうくらいに考えていたが、「すすめありきつる」と仮名書きの本文を考えてみて、はっとした。「勧め歩き」と解すれば、「すすめありき」のままでいいではないか。

王朝末から中世初頭にかけては、京の街をたくさんの勧進聖が歩いていたはずだ。彼らは「すすめ法師」とも呼ばれていた。ここを「すずめありき」と濁って読んだ人は、その聖が念仏踊りのようなものをすると考えたのだろうが、隆信(似絵の大家)の時代にははたして念仏踊りはあったのだろうか。そしてまた、この箇所は『建礼門院右京大夫集』の、

まよひいりし恋路くやしき折にしもすすめがほなる法《のり》の声かな (一五八)

と照応する部分だと思われるのである。つまり、隆信の所へ「暁のねざめに……」と言ってきた女は他ならぬ右京大夫だと、わたくしは推理している。

じつは、古人も時にはとんでもない誤解をした。ある蒔絵《まきえ》師のしたためた、「たたいまこち(御物)まき(蒔き)かけて候へは」という大仮名の消息が「只今子持ち(子持ち女)婚《ま》きか

けて候へば」と誤解されたという、品のよくない話が、『古今著聞集』（巻第十六・五二七話）に載っている。

しんしんと

死に近き母に添寝のしんしんと遠田のかはづ天に聞ゆる　（『赤光』大正二年）

しんしんと雪ふるなかにたたずめる馬の眼《まなこ》はまたたきにけり　（『あらたま』大正三年）

『岩波現代短歌辞典』の「しんしん」の項（高野公彦氏執筆）に、

しんしんとひとすぢ続く蟬のこゑ産みたる後の薄明に聴こゆ　河野裕子

という作とともに斎藤茂吉の右の二首を掲げて、「茂吉は「しんしんと」を好んで用いた」とある。全く、「しんしんと」は『赤光』に頻出する言葉だ。初版『赤光』によって示せば、次のような例がある。

ひた走るわが道暗ししんしんと堪《こら》へかねたるわが道くらし　（「悲報来」、巻頭歌）

しんしんと雪ふりし夜にその指のあな冷《つめ》たよと言ひて寄りしか　（「おひろ　其の二」）

しんしんと雪ふる最上《もがみ》の上《かみ》の山弟は無常を感じたるなり　（「さんげの心」）

現身《うつしみ》のわが血脈《けちみやく》のやや細り墓地にしんしんと雪つもる見ゆ　（「雪ふる日」）

狂者らはPaederastieをなせりけり夜しんしんと更けがたきかも　（「宮益坂」）

雪の降る形容に用いられている例が多い。それらの中では、「おひろ　其の二」の歌が近代短歌の相聞のすぐれた結晶といってよいであろう。「宮益坂」の一首は、茂吉ならでは詠みえない、凄味のある作だ。

第二歌集『あらたま』になると、「しんしんと」の作例は減少する。目についたのは『岩波現代短歌辞典』に引かれている歌の他に、次の二首だった。

ひるさむき光しんしんとまぢかくの細竹群《たかむら》に染《し》みいるを見む　（「小竹林」）

しんしんと夜《よ》は暗し蠅の飛びめぐる音のたえまのしづけさあはれ　（「深夜」）

光のさす形容として「しんしん」といっているのは、やや珍しいか。この歌は窪田空穂・尾山篤二郎共編の『作歌辞典』（昭和二四年刊、改造社）の「しんしん」の項に引かれ、その解説に「深まりゆく状」とある。

確かに「しんしんと」は茂吉の愛用したオノマトペであった。が、北原白秋の第二歌集『雲母集』にも、かなり多くの「しんしんと」の語を含む作があることに気付いた。

しんしんと淵に童《わらべ》が声すなれ瞰《み》下《お》ろせば何もなかりけるかも　（「深淵」）

しんしんと寂しき心起りたり山にゆかめとわれ山に来ぬ　（「狐のかみそり」）
狐のかみそりしんしんと赤し然れどもかたまりて咲けば憤《いきど》ほろしも　（同）
しんしんと夕さりくれば城ケ島の魚籠《いけす》押し流し汐満ちきたる　（「海峡の夕焼」）
しんしんと湧きあがる力新しきキヤベツを内から弾き飛ばすも　（「地面と野菜」）

第一歌集『桐の花』には見当らないようであるが、早く明治四十五年にも、

しんしんとかなしさ胸にこみあがるかかる夜ふけを鳴きそ春の鳥　（「朱欒」二巻二号、明治四五・二）

と歌っている。『赤光』初版は大正二年十月刊、『桐の花』は同じ年の一月刊。『雲母集』は大正四年八月刊、一方『あらたま』は大正十年一月刊である。白秋の歌での「しんしんと」は茂吉のそれと関係がないのだろうか。なお、白秋の第三歌集『雀の卵』では、「しんしんと」は、

しんしんと真夜《まよ》の暗みをとほる牛の額角うつ牡丹雪の玉

という歌を見付けただけだった。大正十年の作で、初出の形は、

しんしんと夜ふけの辻を通る牛の額角うつ牡丹雪の玉

であったという。この作など、『あらたま』の「しんしんと雪ふるなかに」という、馬の歌にどこか通うものがある。が、同じ「しんしんと」というオノマトペでも、白秋の作例は茂吉と

はかなり異った語感を与えるものが多いといえる。これらの中では、「しんしんと淵に童が声すなれ」という作が好きだ。三浦三崎での生活で得られた歌である。
ついでに、茂吉と親しかった古泉千樫の『屋上の土』を見たら、「しんしんと」の作例は、

さ夜ふかみ街のもなかの大き川しんしんとして潮満つらしも　（「赤電車」）

という一首しか見当らなかった。大正四年の作、「街のもなかの大き川」は、いうまでもなく隅田川である。
千樫の作では「しんしんと」ではなく、「しんとして」という表現を用いた方がやや目に付いた。

しんとして夜の雨野に立ちゐつつ縦横無礙《むげ》の力を感ず　（「雨降る」）
移り香の木肌の匂ひしんとして人は行きすぎぬ暗き夜みちを　（同）
しんとして夏の日てれる街なかに三味の音ひびく屋根の奥がゆ　（「紫陽花」）

また、「しんかんと」という形容詞が用いられた、悲痛な一首があった。

しんかんとまひる明るき古家《ふるいへ》ぬち小さき柩は今おかれたり　（「柩を抱きて」）

「小さき柩」はわが子の柩である。
古典和歌に親しむことの多い私にとっては、近代短歌での食物・飲物の歌の豊富さとともに、この種の形容語の多様性が新鮮で、つい関心をそそられてしまう。

仏となりてかがよふらむか

鰻が斎藤茂吉の大好物だったことは有名だが、茂吉はいつごろから鰻を歌に詠んでいるのだろうかと思って、彼の歌集を年代順に読んでみた。もしかしたら見落としがあるかもしれないのだが、第一歌集『赤光』や第二歌集『あらたま』には、鰻の歌は見付からなかった。見付けた最初の作例は第三歌集『つゆじも』で、

この夕べ鯛の刺身とナイル河《が》の鰻食はしむ日本の船は

という一首である。「十二月九日。地中海」という前書きがある。大正十年（一九二一）十月二十七日、文部省在外研究員として東京を出立、海外留学の途上の詠で、「日本の船」というのは、横浜から出帆した熱田丸をさす。時に茂吉は数え年で四十歳。

以後、昭和二十八年（一九五三）、七十二歳で永眠するまで、十四の歌集から「鰻」の語を含む歌を書き抜いてみたら、十九首を数えた。手帳などの歌を調べたら、さらに多くの歌が知ら

れるであろう。

これらの歌の中で、鰻好きの面目躍如たる作は、『小園』に見出される次の一首である。

　これまでに吾に食はれし鰻らは仏となりてかがよふらむか

鰻は仏のように光明赫奕《かくやく》と荘厳されている。昭和十九年の「折に触れつつ」と題する作品群中の一首。おそらく、その頃は鰻を食う機会も次第に乏しくなっていたのであろう。

「きらきら光ってゆれ動く。きらめきゆれる」(『日本国語大辞典』)という意味の古語「かがよふ」は、『萬葉集』には次の二例が見出されるにすぎない。

　見渡せば近きものから岩隠《いはがく》りかがよふ玉を取らずは止まじ　(巻六・九五一、笠朝臣金村歌集)

　灯火《ともしび》のかげにかがよふうつせみの妹《いも》が笑《ゑ》まひし面影に見ゆ　(巻一一・二六四二、寄物陳思)

しかし、茂吉は『赤光』ですでにこのことばを用いている。

　真夏の日てりかがよへり渚にはくれなゐの玉ぬれてゐるかな

大正元年の「海辺にて」の一首。

茂吉は『萬葉集』からこのことばを学んで作歌に活かしたのかと思ったが、それから少しして伊藤左千夫の歌集を見ていたら、

　宮をかこふ大き銀杏は夕空の明りに映えておほにかがよふ

西明き雲の光りは萌黄立つ椎の若葉を透きてかがよふ

などといった作があることに気付いた。銀杏の歌は明治三十八年（一九〇五）、椎の若葉の歌は同三十九年の作である。すると、茂吉は『萬葉集』もさることながら、あるいは師左千夫の作などをも通じてこのことばに接したのかもしれない。

さらに何種かの短歌用語辞典のたぐいを引いてみて、「かがよふ」、またその名詞形「かがよひ」は、近現代の短歌にはむしろしばしば用いられることばであることを知った。たとえば、

青葦の茎をうつせる水明り風過ぐるときましてかがよふ　（春日井 建）

花びらの匂ひ映《うつ》りあひくれなゐの牡丹の奥のかゞよひの濃さ　（木下利玄）

のように。

「かがよふ」ということばは、『萬葉集』以後、歌ことばとしてはほとんど用いられなかったようである。『日本国語大辞典』の挙げている、藤原為家が寛元元年（一二四三）頃詠んだ、

はかなさのたぐひも悲しともし火のかげにかがよふ夜半《よは》の夏虫　（新撰六帖・第六・二二三二）

という作などはめずらしい例なのである。そういうことばが近代になって歌ことばとして復活し、新たなイメージを広げてゆく。ことばとはおもしろいものだなと、改めて思う。

あとがき

明治書院の月刊誌「日本語学」に「ことばの森」と題して、毎回二〇〇〇字ほどのエッセイを書いてほしいと言われたのは、平成十四年の暮れ近かっただろうか。国語学者やその卵、また日本語教育に携わる人々を主な読者としている雑誌に、ことばについて書くことにはいささか勇気を要したが、日本文学の研究者である以前に、作品を読んで楽しんできた人間として、ごく当り前のことば、おもしろい言いまわしなどを改めて考えてみるよい機会だという気になって、承諾した。

コラムの題に引懸けて、まず「森」から始めよう、その次には森に宿る神や霊を取り上げよう、月刊誌だからなるべくことばの歳時記ふうなものを心掛けようなどともくろんで、平成十五年四月号から連載を開始した。しかし始めてみると、ことばの歳時記は無理だとわかった。ことばによっては一回ではどうにも収まらず、続きを書きたくなるものがある。連想されることばについても考えたくなる。結局掲載月に合わせて話題を選んだのは、全五十回のうち三回にとどまる。また文学作品を楽しむという立場から出発したものの、ふだん向かい合っているのが古典和歌や近代短歌だから、どうしても歌ことばに偏りがちになる。すると、世間の人々にはどうでもいいような古語や稀語を穿鑿したくなる。書き手のそのようなさがから、エッセイというよりは読みづらい研究ノートのような代物となっているかもしれない。文中、小学館の『日本国語大辞典』を話題にしたことが多いが、筆者はこの辞典第二版の編集委員の一人であった。それゆえ、もしも揚足取りに類することを述べているとすれば、それは筆者自身の反省の弁であると御了解頂きたい。この調子でことばの森の散策を続けると引き返せなくなりそうなので、五十回になる平成十九年五月号で終りとさせて頂いた。

毎回調べてゆくうちに新たに湧き出る疑問そのものが当人にはおもしろく、それらにきちんと決着をつけようという努力はしていない文章ばかりなので、これらをそのまままとめるつもりはなかったが、編集部が本にすると言って下さったので、それに従った。ことのついでに、他の場で書いた同趣の雑筆数編を合わせ収めた。

中原師遠のこと　短歌誌「礫」二〇〇七年四月号　礫の会

「師遠名所抄」のこと　同　二〇〇七年五月号

しんしんと　同　二〇〇一年八月号

清濁合わせ呑まず　月刊誌「図書」　第六一九号　二〇〇〇年一一月　岩波書店
「雀歩き」という言葉　「朝日新聞」　一九七四年八月二四日夕刊
仏となりてかがよふらむか　短歌誌「星座―歌とことば」　第一巻第四号　二〇〇一年七月　かまくら春秋社

それぞれの関係者の方々にお礼申し上げる。

平成戊子啓蟄の頃

久保田　淳

［著者紹介］

久保田 淳（くぼた・じゅん）

一九三三年（昭和八）東京に生れる。東京大学文学部国語国文学科卒業。同大学院人文科学研究科国語国文学専門課程博士課程修了。文学博士。東京大学教授・白百合女子大学教授を経て、東京大学名誉教授。専門、中世文学・和歌文学・日本文学史。著書、『久保田淳著作選集』全三巻、『岩波日本古典文学辞典』（編）（岩波書店）、『中世和歌史の研究』『歌の花、花の歌』『典拠検索名歌辞典』（中村薫編、久保田新訂）（明治書院）、『新古今歌人の研究』（東京大学出版会）、『花のもの言う―四季の歌』（新潮社）、『ことば、ことば、ことば』（翰林書房）、『旅の歌、歌の旅―歌枕おぼえ書』（おうふう）、『富士山の文学』（文藝春秋）他。

ことばの森《もり》——歌《うた》ことばおぼえ書《がき》
平成20年4月10日　初版発行

著　者　久保田《くぼた》 淳《じゅん》
発行者　株式会社 明治書院
　　　　代表者　三樹　敏
印刷者　藤原印刷株式会社
　　　　代表者　藤原愛子
製本者　株式会社 渋谷文泉閣
　　　　代表者　渋谷　鎮

発行所　株式会社 明治書院
〒169-0072　東京都新宿区大久保1-1-7
TEL 03-5292-0117　FAX 03-5292-6182
振替 00130-7-4991

Printed in Japan　ISBN978-4-625-44401-2

装幀・デザイン：阿部 壽
写真（カバー・口絵・扉）：福井理文